돌아온 꼬마 니콜라

Histoires inédites du Petit Nicolas
Le Petit Nicolas, les personnages, les aventures et les éléments caractéristiques de l'univers du Petit Nicolas sont une création de René Goscinny et Jean-Jacques Sempé.



이 도서의 국립중앙도서관 출판시도서목록(CIP)은 서지정보유통지원시스템 홈페이지(http://seoji.nl.go.kr)와
국가자료공동목록시스템(http://www.nl.go.kr/kolisnet)에서 이용하실 수 있습니다.(CIP제어번호: CIP2006000087)

# 별난 이웃

르네 고시니 글 | 장 자크 상페 그림

문학동네

질베르트 고시니에게

## 엮은이의 말 추억의 문을 여는 주문, 친구

내가 상페 아저씨를 언제 처음 만났는지는 기억나지 않는다. 그도 그럴 것이 워낙 어릴 때부터 그 분을 알고 지냈기 때문이다. 지금도 아버지와 상페 아저씨의 웃음소리가 귓가에 쟁쟁하다. 상페 아저씨는 꼬마 니콜라와 함께 내 어린 시절의 한 부분을 차지하고 있다.

상페 아저씨는 한 인터뷰에서 이렇게 말했다.

"우리가 처음 만난 건 르네 고시니가 막 뉴욕에 발을 들여 놓았을 때였죠. 우리 둘은 금세 친구가 되었답니다."

친구. 이 한 마디야말로 두 사람이 함께 만들어 갈 세계로 들어가기 위한 주문이다. 꼬마 니콜라의 이야기를 쓰고 그리면서 두 사람은 어린 시절의 추억을 함께 나눴다. 두 작가의 창조적인 재능은 우리가 꼬마 니콜라의 모험을 마치 직접 경험한 것처럼 생생히 느끼게 해 주었다. 아버지와 상페 아저씨는 1959년부터 1965년까지 꼬마 니콜라 이야기를 잡지에 연재했다. 그 이야기의 대부분은 이미 다섯 권의 책으로 나왔다.

아버지는 내게 자신의 어린 시절 이야기를 직접 들려 줄 틈이 없었다. 그리고 1977년 11월 5일, 아버지의 죽음과 함께 내 어린 시절로 통하는 문도 닫혀 버렸다. 니콜라와 조프루아, 클로테르, 부이옹 선생님, 그리고 그 밖의 다른 아이들의 눈도 슬픔으로 흐려졌다. 하지만 종이 위의 그 아이들은 알고 있었다. 창조자는 절대로 죽지 않는다는 것을. 그리고 나 역시 그렇게 믿는다.

아버지가 돌아가신 뒤에도 상페 아저씨는 우리의 진실한 벗으로 남았다. 어머니와 아저씨는 우정으로 맺어진 사이였다. 함께 식사를 할 때면 웃음소리가 끊이지 않았다.

아버지와 상페 아저씨의 꼬마 니콜라 이야기가 모두 세상에 알려진 것은 아니다. 그래서 어머니는 알려지지 않은 이야기들을 출간하여 독자들에게 꼬마 니콜라와 친구들을 다시 만날 기회를 주고 싶어 하셨다. 하지만 그 생각을 구체화할 겨를도 없이 어머니는 세상을 떠나셨다.

어머니가 시작하신 일을 위해 나는 생제르맹데프레의 한 식당에서 상페 아저씨를 만났다. 아버지가 쓰고 아저씨가 그림을 그린 최초의 원고를 보여 드리자 아저씨는 반가움과 놀람이 뒤섞인 눈으로 그 원고를 꼼꼼히 살펴보았다. 그러고는 빙그레 미소를 지었다. 얼마나 멋진 미소였는지! 40여 년의 세월은 조금도 문제가 되지 않았다. 아저씨는 내 계획을 듣고 열광적으로 동참해 주었다. 우리는 함께 니콜라를 학교에 데려다 주기로 했다. 니콜라는 우리 두 사람이 내민 손을 붙잡고 걸어갈 것이다.

길고 긴 방학을 마치고 돌아왔지만 이 귀여운 악동은 조금도 변하지 않았다. 여기 80편의 이야기와 250여 컷의 그림이 니콜라와 친구들의 이야기를 전해 주기 위해 우리를 찾아왔다. 아냥, 알세스트, 뤼퓌스, 외드, 클로테르, 조아생, 맥상……. 이번에는 특히 조프루아가 멋진 활약을 펼친다. 하지만 뭐니뭐니해도 니콜라의 가장 친한 친구는 항상 무언가를 먹고 있는 뚱보 알세스트이다.

나는 어느덧 아들과 딸을 둔 엄마가 되었다. 내 아이들을 보면서 나는 드디어 이 숨겨진 보물을 세상에 내놓을 때가 왔다고 생각했다. 내 아이들에게 할아버지가 어떤 분이었는지 알려 주는 데 이보다 더 아름다운 방법을 생각해 낼 수 있을까?

이런 개인적인 기쁨 말고도, 이 책은 모든 이들에게 소중한 행복을 안겨 줄 것이다. 니콜라 이야기의 가장 큰 힘은 아이와 어른 모두를 끌어당기는 데 있다. 아이들은 니콜라를 보면서 자신을 발견하고, 어른들은 추억에 젖으리라.

안 고시니

# 차례

## 별난 이웃

# 새로운 이웃

오늘 아침부터 우리한테 새로운 이웃이 생겼다!

우리에게 이웃이 있긴 하다. 블레뒤르 아저씨인데, 아주 친절하지만 우리 아빠하고는 늘 티격태격하는 사이다. 하지만 다른 쪽 옆집은 줄곧 비어 있었다. 아빠는 그 집에 아무도 안 산다는 점을 이용해서 우리 정원에 떨어진 낙엽이나 휴지 같은 것들을 울타리 너머로 슬쩍 던지곤 했다. 그 집에 사람이 없었기 때문에 말썽은 일어나지 않았다. 저번에 아빠가 블레뒤르 아저씨네 정원에 오렌지 껍질을 던졌을 때는 아저씨가 한 달 동안 우리 아빠와 말도 하지 않았는데 말이다. 지난 주에 엄마가 우유 가게 아줌마한테 들었다면서 얘기해 줬는데, 비어 있는 우리 옆집이 쿠르트플라크 씨라는 사람한테 팔렸다고 했다. 그 아저씨는 프티 테파르냥 백화점의 신발 코너 지배인인데, 피아노

치는 걸 좋아하는 부인과 내 또래의 딸과 산단다. 우유 가게 아줌마도 그것 말고는 아무것도 모르고, 단지 '반 덴 플뤼그 회사'에서 그 집 이사를 맡아 닷새 후에 이삿짐을 옮길 거라는 것만 안다고 했다. 그 닷새 후가 바로 오늘이다.

"왔어요! 왔어요!"

여기저기 '반 덴 플뤼그'라고 씌어 있는 커다란 이삿짐 트럭이 오는 걸 보고 내가 외쳤다. 아빠와 엄마도 거실 창가로 와서 함께 구경을 했다. 이삿짐 트럭 뒤에 자동차 한 대가 따라왔다. 그 자동차에서 눈썹이 숯덩이만큼 짙은 아저씨와 꽃무늬 원피스를 입은 아줌마가 내렸다. 아줌마는 손에 꾸러미 여러 개와 새장을 들고 있었다. 그 다음에는 내 또래로 보이는 여자 아이가 인형을 들고 내렸다.

"저 여자는 무슨 옷을 저렇게 입었대? 커튼을 몸에 친친 감은 것 같잖아!"

엄마가 아빠에게 말했다.

"그러게 말이야. 저 집 차는 내 차보다 더 구형 같은데?"

아빠가 말했다.

이삿짐 센터 아저씨들이 트럭에서 내렸다. 주인 아저씨가 대문과 현관문을 열러 간 사이, 아줌마는 새장 든 손을 이리저리 휘저으며 이삿짐 아저씨들에게 뭐라고 설명을 했다. 여자 아이는 자기네 엄마 주위에서 깡충깡충 뛰어

다니다가 엄마가 뭐라고 하자 잠자코 서 있었다.

"정원에 나가도 돼요?"

내가 물었다.

"그래, 하지만 새 이웃을 방해하면 안 된다."

아빠가 말했다.

"그리고 신기한 동물 구경하듯 쳐다봐도 안 돼. 예의를 지켜야 한다!"

엄마는 그렇게 말하고는 나와 함께 밖으로 나갔다. 아침에 비가 왔는데도 지금 꼭 베고니아에 물을 줘야겠다면서 말이다. 엄마와 내가 정원에 나와 보니, 이삿짐 센터 아저씨들이 트럭에서 가구들을 잔뜩 꺼내서 길에 내려놓는 중이었다. 그런데 그 옆에서 블레뒤르 아저씨가 세차를 하고 있었다. 나는 깜짝 놀랐다. 왜냐하면 블레뒤르 아저씨는 원래 차고 안에서 세차를 하기 때문이다. 더구나 오늘처럼 비가 오락가락하는 날에는 절대로 밖에서 세차하는 법이 없다.

"그 루이 16세풍의 안락의자는 조심해서 옮기세요! 젖지 않게 뭘 좀 덮어 주시고요. 그 장식 융단은 아주 귀한 거예요!"

새장을 든 아줌마가 소리를 질렀다. 그 다음에는 아저씨들이 엄청 무거워 보이는 커다란 피아노를 트럭에서 내렸다.

"살살! 조심해요! 그건 연주회용 드레옐 피아노라고요! 아주 비싼 물건이에요!"

아줌마가 또 소리를 질렀다. 새장 속에 든 새는 전혀 즐거워 보이지 않았다. 아줌마가 새장을 정신없이 휘두르면서 말하고 있었으니까 말이다. 아저씨들은 가구를 집 안으로 옮기기 시작했고, 아줌마는 줄곧 따라다니면서 아무것도 깨면 안 된다, 엄청 비싼 물건이다 하면서 잔소리를 해 댔다. 내가 이해할 수 없었던 건, 아줌마가 왜 그렇게 소리를 크게 지르는가 하는 거였다. 아마도 이삿짐 센터 아저씨들이 아줌마 말을 귀담아듣지 않고 자기들끼리 킥킥대고 웃어서 그런지도 모르겠다.

나는 울타리 쪽으로 다가갔다. 새로 이사 온 여자 아이가 한 발로 뛰면서 혼자 놀고 있었다.

"안녕, 내 이름은 마리 에드비주야. 네 이름은 뭐니?"

여자 애가 나에게 말을 걸었다.

"니콜라야."

내가 대답했다. 내 얼굴이 새빨개졌다. 바보처럼 말이다.

"너 학교에 다니니?"

그 애가 또 물었다.

"응."

내가 대답했다.

"나도야. 그리고 나는 전에 볼거리를 앓았어."

마리 에드비주가 말했다. 나는 그 애에게 "너 이거 할 줄 알아?" 하고 묻고는 재주넘기를 한 바퀴 해 보였다. 엄마가 나를 못 봐서 다행이었다. 풀이 젖어 있어서 내 윗옷에 풀물이 들었기 때문이다.

"내가 전에 살던 동네에 어떤 남자 애가 있었는데, 걔는 재주넘기를 연속 세 바퀴나 할 수 있었어!"

마리 에드비주가 말했다.

"쳇! 나는 내가 하고 싶은 만큼 얼마든지 할 수 있어! 잘 봐!"

반 덴 플뤼그
이삿짐 센터

나는 이렇게 말하고 재주넘기를 시작했다. 하지만 운이 없었다. 엄마한테 딱 걸린 거다.

"니콜라, 너 왜 잔디밭에서 그렇게 구르고 있니? 옷 꼴 좀 봐! 그리고 이런 날씨에 왜 바깥에 나와 있어!"

엄마가 소리를 질렀다. 그러자 아빠가 후다닥 집 밖으로 나와서 물었다.

"무슨 일이야?"

"아니에요, 아무것도! 그냥 재주넘기를 좀 했을 뿐이에요."

내가 대답했다.

"저한테 보여주려고 그런 거예요. 별일 아니에요."

마리 에드비주도 말했다.

"마리 에드비주! 너 거기서 뭐 하고 있어!"

쿠르트플라크 아저씨가 외쳤다.

"옆집 사는 남자 애하고 놀고 있었어요."

마리 에드비주가 대답했다. 그러자 눈썹이 짙은 아저씨가 와서 마리 에드비주에게 밖에 있지 말고 안으로 들어가서 엄마를 도와주라고 했다. 우리 아빠가 미소를 띠고 울타리 쪽으로 다가갔다.

"얘들 좀 보세요. 둘이 첫눈에 반했나 봅니다."

아빠가 말했다. 아저씨는 눈썹을 찡그리면서 전혀 웃지 않고 물었다.

"댁이 우리 새 이웃입니까?"

"하! 하! 정확히 말하자면……, 그쪽이 우리의 새로운 이웃이라고 해야겠지요. 하! 하! 하!"

"아, 그렇군요. 그러면 울타리 너머로 그 집 쓰레기를 이리로 보내는 일은 삼가 주셨으면 고맙겠습니다!"

아빠의 얼굴에서 웃음기가 가시며, 두 눈이 휘둥그레졌다. 쿠르트플라크 아저씨가 계속 말했다.

"우리 집 정원은 분명히 댁의 쓰레기통이 아닙니다!"

아빠는 기분이 몹시 상했다.

"이봐요! 말씀이 좀 이상하네요! 이사하느라 신경이 날카로워졌는지는 몰라도……."

"신경이 날카롭긴 누가 날카롭다고 그래요! 내가 어떤 식으로 말하든 그건 내 마음입니다. 어쨌든 말썽을 일으키기 싫으면 남의 집 사유지를 쓰레기통 취급하는 일은 그만두시라고요. 세상에 이런 경우가 어디 있습니까?"

"뭐요? 고물차에 꾀죄죄한 살림을 갖고 와서 콧대만 높아서는! 나도 할 일 없는 사람 아닙니다!"

"아, 이렇게 나오시겠다? 좋습니다! 두고 봅시다. 그 전에 먼저 당신네 거나 도로 가져가쇼!"

쿠르트플라크 아저씨는 이렇게 외치고는 우리 집 정원으로 낙엽 뭉치랑 휴지, 빈 병 세 개를 던졌다. 그러고는 자기네 집으로 들어가 버렸다.

아빠는 입을 헤벌린 채 가만히 서 있었다. 아빠는 블레뒤르 아저씨 쪽을 돌아보았다. 블레뒤르 아저씨는 여전히 보도에서 세차를 하고 있었다.

"이럴 수가, 블레뒤르! 자네도 봤지?"

하지만 블레뒤르 아저씨는 뾰루퉁한 입으로 이렇게 말했다.

"아무렴, 봤지. 자네는 새 이웃이 오니까 나는 눈에 보이지도 않지? 아무렴, 나도 봤지, 봤고말고!"

그러고서 블레뒤르 아저씨는 자기 집으로 들어갔다.

블레뒤르 아저씨는 샘이 났나 보다.

## 깜짝 선물

아빠가 함박웃음을 띠고 집으로 들어왔다.

"우리 가족한테 아주 신나는 일이 있어. 내가 깜짝 선물을 준비했거든. 창밖에 뭐가 보이는지 이야기해 봐."

아빠가 말했다.

"어떤 경찰관이 초록색 자동차에 주차 위반 딱지를 붙이는 게 보이는데?"

엄마가 말했다. 그러자 아빠의 얼굴에서 웃음이 싹 가셨다. 아빠는 얼른 밖으로 뛰어나갔고, 나와 엄마도 따라 나갔다.

아빠는 경찰관 아저씨와 실랑이하는 중이었다. 경찰관 아저씨는 조그만 파란 종이에 뭐라고 잔뜩 적고 있었다. 꼭 우리 학생주임인 부이옹 선생님이 벌 받을 아이들의 이름을 적을 때하고 비슷했다.

"하지만 경찰관님, 이해가 안 되는군요."

아빠가 말했다.

"이 차가 지금 주차장 입구를 막고 정차해 있잖습니까?"

경찰관이 내꾸했다.

"그래요. 하지만 여기는 내 집 주차장이고, 이건 내 차라고요!"

아빠가 소리쳤다.

이 말을 듣고 엄마가 외쳤다.

"뭐? 이게 당신 차라고?"

"나중에 설명할게. 지금 이 사람하고 말하고 있잖아."

아빠가 말했다.

"여기가 댁의 주차장이냐 아니냐는 아무런 상관이 없습니다. 교통 법규에 따르면 이 상황은 명백한 불법입니다. 교통 법규 정도는 선생께서도 아시겠지요?"

경찰관이 말했다.

"그래도 난 이 차가 도대체 뭔지 당신 입으로 지금 당장 들어야겠어!"

엄마가 소리쳤다.

"교통 법규야 잘 알지요. 운전 한두 해 하는 것도 아닌데요. 그런데 제가 높은 자리에 있는 경찰 친구들을 좀 알거든요."

아빠가 말했다.

"그렇습니까? 잘됐네요. 그 높은 자리에 있다는 친구분들이 교통 위반 범칙금 정도는 빌려 줄 겁니다. 그 친구들에게 인사나 전하시지요."

경찰관은 웃으면서 이렇게 말하고 가 버렸다.

아빠는 얼굴이 시뻘게져서 파란 종이를 든 채 가만히 서 있었다.

"여보?"

엄마가 신경질적인 투로 아빠를 불렀다. 아빠가 입을 열었다.

"그러니까 우리 낡은 차를 처분하고 이 차를 새로 샀어. 당신하고 니콜라를 깜짝 놀라게 해 주려고 했는데 시작부터 이게 뭐람!"

엄마가 팔짱을 꼈다. 엄마가 이렇게 팔짱을 끼는 건 아주 화가 났다는 뜻이다.

"뭐야? 이렇게 큰 물건을 사면서 나한테 한 마디 상의도 안 했단 말이야?"

"미리 상의를 하면 깜짝 신물이 아니잖아."

"아, 알았어! 나는 똑똑한 여자가 못 돼서 자동차 구매 같은 문제는 나하고 상의할 필요도 없다 이거지? 그래, 여자들은 부엌에서 솥뚜껑 운전이나 하라는 거지. 당신은 혼자 양복을 사러 가도 아주 멋진 것만 골라 오잖아. 줄무늬 양복처럼!"

"줄무늬가 어디가 어때서?"

"어디가 어떻긴. 지난 번에 사 온, 꼭 매트리스 커버 같은 거 기억 안 나? 주름만 잔뜩 가고! 그리고 적어도 당신은 자동차 색깔 정도는 나랑 의논했어야 했어. 이 초록색은 너무 보기 싫어. 게다가 내가 초록색 싫어하는 거 잘 알면서!"

"아니, 언제부터 당신이 초록색을 싫어했지?"

"됐어, 관둬. 난 부엌에나 들어갈래. 나야 뭐 솥뚜껑 운전밖에 할 줄 모르니까!"

엄마는 이렇게 말하고 들어가 버렸다.

"이런! 엄마를 기쁘게 해 주려고 한 건데, 단단히 꼬였군."

아빠가 말했다. 그러면서 아빠는 나한테 나중에 커서 절대로 결혼하지 말라고 했다. 나는 알았다고 했다. 옆집에 사는 마리 에드비주하고라면 모르겠지만 말이다.

"웬 소란이야?"

블레뒤르 아저씨가 물었다. 어느새 아저씨는 우리 바로 옆에 와 있었다. 아빠가 홱 뒤돌아보았다.

"그렇지! 참견꾼이 어디 갔나 했어!"

블레뒤르 아저씨는 손가락으로 자동차를 가리키면서 "이건 또 뭐야?" 하고 물었다.

"내 새 자동차. 어때?"

아빠가 대답했다. 블레뒤르 아저씨는 차를 빙 둘러보더니 아랫입술을 비죽 내밀고는 말했다.

"이걸 사다니 참 취향도 독특해. 이 차가 속도가 잘 안 난다는 건 삼척동자도 다 알아. 주행 성능이 바닥이라고."

아빠가 껄껄대며 말했다.

"그래, 여우와 포도 이야기가 이래서 나왔군. 포도가 너무 시지?"

나도 여우와 포도 이야기는 안다. 어떤 여우가 포도가 먹고 싶었는데 포도가 너무 높이 달려 있어서 손이 닿지 않자, 시어서 못 먹는 포도라고 생각해 버렸다는 이야기다. 나는 이 이야기를 지난 주에 학교에서 들었는데, 시험에서는 20점 만점에 3점밖에 못 받았다. 알세스트가 입에 먹을 걸 잔뜩 문 채 답을 가르쳐 줬는데, 무슨 말인지 알아들을 수가 없어서 그랬다.

"그래, 신 포도처럼 이 차도 너무 푸르딩딩해. 시금치를 아무렇게나 문대 놓은 꼴이로군!"

블레뒤르 아저씨가 웃으면서 말했다.

"무식한 친구 같으니, 분명히 말해 두겠는데, 이 차 색깔은 밝은 에메랄드 색이야. 요즘에 가장 유행하는 색이라고. 그리고 자네 말마따나 내 고물차가 자네 마음에 들든 안 들든 전혀 상관이 없네. 자네가 죽기 전까지 이 차에 타 볼 일은 없을 테니까!"

아빠가 말했다.

"자네도 일찍 죽고 싶지 않거들랑 이 차에는 안 타는 게 좋을 거야. 시속 20킬로미터에서 커브만 한 번 돌아도 뒤집힐 차니까."

블레뒤르 아저씨도 지지 않았다.

"그래, 질투로 눈이 뒤집힌 면상에 내 주먹 맛을 좀 보고 싶은가? 응?"

아빠가 말했다.

"어디 한번 쳐 보시지."

"아, 그래?"

"그래, 쳐 보라니까."

아빠와 아저씨는 평소에 자주 그러듯이 서로 밀치며 실랑이를 벌이기 시작했다. 나는 두 사람이 티격태격하는 동안에 차 안이 어떻게 생겼는지 보려고 차에 올라탔다. 차 안은 아주 근사했다. 완전히 새것이었고 엄청 좋은 냄새도 났다. 나는 운전석에 앉아서 입으로 부릉부릉 소리를 내 보았다. 아빠한테 운전을 가르쳐 달라고 해야겠다. 불편한 점이 있다면 페달이 너무 멀어서

내 발이 닿지 않는다는 거였다.

"니콜라!"

아빠가 소리쳐 불렀다. 나는 깜짝 놀라서 나도 모르게 무릎으로 경적을 누르고 말았다. 빠앙!

"너 당장 내려오지 못해? 누가 너보고 차에 타도 좋다고 했어?"

"그냥 안이 어떻게 생겼나 궁금해서 그랬어요. 블레뒤르 아저씨랑 이야기가 다 끝난 줄 몰랐어요."

나는 이렇게 말하고 울기 시작했다. 엄마가 집에서 달려나왔다.

"도대체 무슨 일이야? 이웃하고 싸움이나 하고, 애는 울리고, 이게 모두 나랑 한 마디 상의도 없이 사들인 이 잘난 자동차 때문이지."

엄마가 말했다.

"그러시겠지. 그나저나 나는 당신이 어떻게 부엌에 있었으면서 여기서 일어난 일을 다 알고 있는지 모르겠군."

아빠가 대꾸했다.

"오오!"

엄마는 외마디 소리를 지르고는 눈물을 흘렸다. 엄마는 평생 그렇게 모욕적인 말은 들어 본 적이 없다고, 나의 엄마의 엄마인 메메 말씀을 들었어야 했다고, 엄마는 정말 불행하다고 말했다. 나까지 울어 대는 통에 엄청 시끄러웠다. 조금 있으니까 아까 그 경찰관 아저씨가 오는 게 보였다.

"선생께서 경적을 울리신 게 틀림없지요?"

경찰관은 이렇게 말하면서 수첩을 꺼냈다.

"아니에요, 아저씨! 경적을 울린 건 저예요."

내가 말했다.

"니콜라, 조용히 못 해?"

아빠가 고함을 쳤다. 그래서 나는 또 울기 시작했다. 이건 정말 너무했다. 엄마는 내 손을 잡고 집으로 들어갔다. 나는 집에 들어가면서 경찰관 아저씨

가 아빠에게 하는 말을 들었다.

"아니, 아직도 차가 주차장 앞에 있군요! 잘하셨습니다! 높은 자리에 계시다는 친구분들에게 하실 이야기가 참 많으시겠네요!"

저녁 식사 시간에도 아빠는 차고에 틀어박혀서 새 차하고 같이 있었다. 엄마와 나는 걱정이 되어 아빠를 찾으러 갔다. 엄마는 아빠에게 어쨌든 자동차 색깔이 그렇게까지 보기 싫지는 않다고 말해 주었다. 그리고 나는 커브를 돌 때 차가 뒤집히는 것도 재미있을 거라고 했다.

아빠는 기분이 좋아졌다. 우리가 아빠를 용서했다는 걸 알았기 때문이다.

# 칙칙폭폭

어제 저녁, 학교에서 돌아와 간식(버터빵이었다.)을 다 먹고 났을 때, 누가 우리 집 초인종을 눌렀다. 나는 문을 열어 주러 나갔다. 커다란 상자가 보였고, 상자 뒤에 역시 커다란 알세스트가 있었다.

"알세스트, 웬일이야?"

알세스트는 나하고 놀려고 전기 기차를 가져왔다고 했다. 아빠가 우리 집에서 저녁 먹을 때까지 놀아도 좋다고 허락했단다. 나는 엄마한테 가서 알세스트하고 놀아도 되는지 물어보았다. 엄마는 그래도 좋다고, 하지만 얌전하게 놀아야 한다고 했다. 그리고 엄마한테 방해가 안 되게 내 방에 올라가서 놀라고 했다.

나는 엄청 기분이 좋았다. 전기 기차 놀이는 재미있고, 알세스트는 내가 엄청 좋아하는 친구이기 때문이다. 우리는 아주 어릴 때부터 알고 지냈다. 그 이야기를 다 하려면 몇 달은 걸릴 거다. 나는 알세스트의 전기 기차를 아직 한 번도 본 적이 없었다. 알세스트가 크리스마스 때 산타 할아버지에게 받은 선물인데, 크리스마스 이후로는 알세스트네 집에 놀러 간 적이 없기 때문이다. 상자가 제법 커다란 걸 보니 분명히 아주 근사한 기차일 것 같았다. 나는 내 방까지 알세스트가 상자를 들고 가는 걸 도와주었다. 알세스트가 세 번째 계단에서부터 너무 헉헉대서 전기 기차를 내 방까지 못 들고 갈까 봐 걱정이 되었기 때문이다.

방에 도착하자, 알세스트는 상자를 내려놓더니 우선 샌드위치부터 꺼냈다. 샌드위치 밑에는 끝내주는 것들이 있었다. 철로가 엄청 많았고, 선로 변경 장치에다가 교차로, 곡선 철로, 기차역, 암소 두 마리, 그리고 터널까지 있었다. 터널 속에 샌드위치에서 빠진 햄 조각도 하나 있었다. 상자 안에는 그것 말고도 초록색 기관차와 승객을 싣는 차량이 두 칸, 상품을 싣는 화물 차량이 한 칸, 나뭇조각을 싣는 다른 화물 차량이 또 한 칸, 그리고 식당차도 있

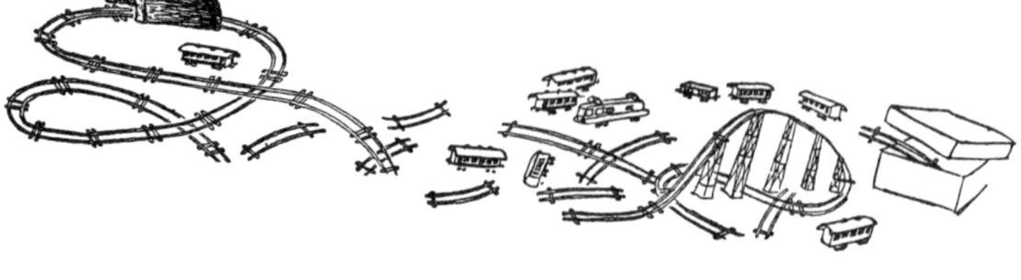

었다. 우리 가족이 여행 갈 때 타고 갔던 진짜 기차처럼 말이다. 하지만 그 때는 엄마가 바나나와 삶은 달걀, 소시지를 싸 와서 식당차에는 못 갔다. 아빠는 식당차에서 먹는 것보다 엄마가 싸 온 음식이 더 낫다고 했다. 그 때 아빠는 오렌지 주스가 미지근하다면서 음료수 파는 아저씨랑 싸웠다. 하지만 빨대를 잔뜩 꽂은 오렌지 주스는 끝내줬다.

"자, 여기에다 철로를 깔자. 그리고 침대 밑이랑 장롱 밑을 통과하게 한 다음 저기서 꺾어지는 거야. 여기에는 터널을 놓고 저기에는 역이랑 건널목을 놓자. 그리고 암소 두 마리는 여기에다 두자."

알세스트가 샌드위치를 먹으면서 말했다.

"암소 한 마리는 이쪽에 놓으면 어때?"

내가 물었다.

"이 기차가 누구 거야? 니 거야? 내 거야?"

알세스트가 말했다. 알세스트 말이 맞다. 기차는 알세스트 거다. 그래서 우리는 알세스트가 정한 대로 암소들을 놓았다. 산타클로스 할아버지한테 이렇게 근사한 선물을 받다니 알세스트는 진짜 운이 좋다. 솔직히 알세스트는 별로 착한 아이도 아니다. 나보다 벌도 더 많이 받고, 공부도 내가 더 잘한다. 내가 알세스트보다 더 착한데, 이건 정말 불공평하다. 나는 갑자기 약이 올라서 알세스트를 찰싹 때렸다. 알세스트가 놀라서 나를 쳐다봤다. 그 모습이 정말 우스웠다. 내가 때리는 바람에 녀석이 먹고 있던 샌드위치가 미끄러져서 버터가 귀까지 잔뜩 묻은 거였다. 알세스트가 내 다리를 발로 걷어찼다. 나는 소리를 질렀고, 엄마가 달려왔다.

"너희 사이좋게 놀고 있는 거니?"

엄마가 물었다.

"네, 아줌마. 왜요?"

알세스트가 대답했다.

"아! 그럼요, 엄마! 우리 아주 재미있게 놀고 있어요."

나도 말했다. 그건 사실이었다. 나는 알세스트랑 노는 걸 좋아하니까.

"내가 잘못 들었나? 그래, 사이좋게 놀아라."

그리고 엄마는 다시 내려갔다.

"네 가족들이 우리를 좀 내버려 두면 좋겠는데. 난 여기 늦게까지 있을 수 없단 말이야. 오늘 저녁에는 포토프 스튜가 나오거든. 난 포토프 스튜를 바닥까지 싹싹 핥아먹어."

알세스트가 말했다. 우리는 서둘러 철로를 깔았다. 기차를 멀리서 조종할 수 있는 작은 리모컨도 있었다.

"어디에서 사고가 나는 걸로 할까?"

내가 물었다. 전기 기차를 갖고 놀 때는 사고가 나야 진짜로 재미있다.

"터널 밑의 철로를 치워 버리면 어떨까?"

알세스트가 말했다. 정말 멋진 생각이었다. 내가 철로를 치우려고 하는데, 알세스트가 자기가 치우겠다고 했다. 그래서 나는, 그럼 나는 그 동안 기차를 철로에 올려놓겠다고 말하고 기차를 찾으려고 상자를 뒤적거렸다.

"만지지 마! 망가진단 말야!"

알세스트가 우적우적 먹고 있던 햄 샌드위치 조각을 사방에 튀기면서 소리를 질렀다.

"여기는 우리 집이야! 그러니까 나도 네 기차를 만질 자격이 있다고."

내가 알세스트에게 말했다.

"여기가 너네 집인지는 몰라도 기차는 내 거야. 그러니까 그 기차 당장 내려놔!"

알세스트가 말했다. 나는 객차로 알세스트의 머리를 때렸다. 알세스트는 식당차로 나를 때렸다. 우리는 기차를 손에 들고 치고받고 싸웠다. 아빠가 내 방으로 뛰어들어왔다.

"거봐, 너네 가족들이 우리를 자꾸 방해하잖아!"

알세스트가 말했다. 아빠는 입을 헤벌리고 알세스트를 쳐다봤다.

"아빠, 우리는 노는 중이에요. 알세스트가 전기 기차를 가져왔고요, 엄마가 같이 놀아도 된댔어요."

내가 아빠에게 설명했다.

"맞아요."

알세스트가 맞장구를 쳤다.

"알세스트, 너는 나한테 인사 좀 하면 어디가 덧나니?"

아빠가 말했다. 그러자 알세스트가 말했다.

"안녕하세요!"

아빠는 한숨을 쉬더니, 철로와 전기 기차를 보고는 휘파람을 불었다.

"오, 이것 봐라! 이 기차 진짜 멋진데!"

"산타클로스 할아버지가 크리스마스 때 알세스트한테 준 거래요. 나도 작년에는 착하게 굴었는데……."

내가 말했다. 하지만 아빠는 바닥에 앉아서 아주 기분 좋은 얼굴로 기차를 구경하느라 정신이 없었다.

"나도 너희 나이 땐 이런 기차가 갖고 싶었단다. 하지만 공부하느라 너무 바빠서 놀 시간이 없었지."

아빠가 말했다.

"너무 만지작거리지 마세요. 망가진단 말이에요. 아저씨, 저는 니콜라랑 놀려고 기차를 가져온 거지 망가뜨리려고 가져온 게 아니거든요."

알세스트가 말했다.

아빠는 아무것도 망가뜨리지 않을 거라고, 전기 기차를 갖고 제대로 노는 법을 보여주겠다고 했다.

"일단 기관차하고 차량들을 다 줘 봐. 내가 철로에다 설치를 할 테니까."

알세스트는 아빠가 자기 샌드위치를 먹어치우기라도 한 듯이 빤히 쳐다보았지만 어쩔 수 없이 기차를 건네 주었다. 알세스트는 신중한 녀석이어서 자기보다 큰 사람하고는 절대 싸우지 않는다.

"자, 출발합니다! 치이이이익폭! 칙칙폭폭! 칙칙폭폭!"

아빠는 이상한 목소리로 고함을 질렀다. 그러고 나서 버튼을 막 눌렀는데, 기차가 움직이지 않았다.

"뭐야! 왜 이래?"

아빠가 엄청 실망해서 외쳤다. 아빠는 주위를 둘러보더니 갑자기 이마를 탁 치면서 말했다.

"아이고, 애들아! 플러그도 안 꽂았잖아! 이러니 움직일 리가 없지. 내가 와서 천만다행이지?"

아빠는 껄껄대고 웃으면서 플러그를 꽂았다.

"자, 이제 다시 간다! 칙칙폭폭!"

아빠는 다시 버튼을 눌렀다. 그 순간 멋진 불꽃이 확 일더니 온 집 안의 불이 다 꺼져 버렸다.

알세스트가 말했다.

"어, 우리 집이랑 똑같이 됐네. 내가 집에 전기가 안 들어오는 것 같다고 했더니 아빠가 친구 집에 가져가서 해 보라고 했거든."

아빠는 아무 말 없이 바닥에 주저앉은 채 알세스트를 노려보았다.

"이제 가야겠다. 어두워질 때까지 안 들어가면 엄마한테 혼나. 안녕!"

알세스트가 말했다.

엄마와 나는 식탁에 촛불을 켜 놓고 저녁을 먹었다. 아주 근사했다. 아빠가 우리와 함께 저녁을 먹지 않아서 속상했다. 아빠는 뿌루퉁해져서 내 방에 계속 앉아 있었다. 알세스트의 기차가 움직이는 걸 못 본 게 아빠를 그렇게까지 실망시킬 줄은 몰랐다.

# 체커 놀이

우리 옆집에 사는 마리 에드비주는 노란 머리에 얼굴은 장밋빛이고 눈은 파랗다. 그 애는 아주 예쁘다. 나는 그 애를 자주 못 만난다. 왜냐하면 쿠르트 플라크 아저씨와 아줌마가 우리 아빠 엄마랑 별로 친하지 않기 때문이다. 그리고 마리 에드비주가 엄청 바쁘기 때문이기도 하다. 그 애는 늘 피아노나 그 밖의 잡다한 것들을 배우느라 시간이 없다.

그래서 오늘 마리 에드비주가 자기네 집 정원에서 같이 놀자고 했을 때 나는 기분이 엄청 좋았다. 엄마에게 허락을 받으러 갔더니 엄마가 말했다.

"그럼 괜찮고말고. 하지만 니콜라, 마리 에드비주한테 친절해야 한다. 엄마는 다툼이 생기는 걸 원치 않아. 너도 알다시피 걔네 엄마가 좀 신경질적이잖니. 그러니까 흠 잡히면 안 돼."

나는 사이좋게 놀겠다고 약속하고 마리 에드비주네 정원으로 뛰어갔다.

"우리 뭐 하고 놀까?"

내가 물었다.

"간호사 놀이를 하면 어떨까? 니가 아주 많이 아파서 덜덜 떨고 있는데 내가 간호해서 살려 주는 거야. 아니면 전쟁터에서 네가 엄청 많이 다쳤는데 내가 위험을 무릅쓰고 전쟁터에 가서 너를 돌봐 주는 거야."

나는 전쟁터 쪽이 더 재미있을 것 같았다. 그래서 풀밭에 드러누웠다. 마리 에드비주는 내 옆에 앉아서 말했다.

"어머나! 가엾어라! 아주 심각하네! 그래도 내가 당신을 구하기 위해 위험을 무릅쓰고 달려왔으니 다행이에요. 어머나, 세상에!"

간호사 놀이는 별로 재미가 없었다. 하지만 나는 엄마 말대로 말썽을 일으키고 싶지 않았다. 마리 에드비주는 나를 엄청 열심히 간호하는 시늉을 하더니 이제 그만 다른 놀이를 하자고 했다. 나는 얼른 그러자고 했다.

"달리기 시합 어때? 저기 저 나무에 먼저 도착하는 사람이 이기는 거야."

마리 에드비주가 말했다.

달리기는 진짜 재미있다. 나는 백 미터 달리기를 끝내주게 잘한다. 빈터에서 친구들과 시합을 하면 내가 항상 이긴다. 하지만 맥상은 이길 수가 없다. 맥상은 다리도 엄청 길고 무릎도 아주 딴딴하기 때문이다. 거리는 백 미터가

안 되지만 그래도 우리는 백 미터 달리기라고 한다.

"자, 내가 셋까지 셀게. 셋에 출발하는 거야!"

마리 에드비주가 말했다. 그래 놓고 자기는 달리기 시작했다. 나무 가까이 다 가서야 그 애는 "하나, 둘, 셋!"이라고 외쳤다.

"내가 이겼다! 내가 이겼어! 예!"

마리 에드비주는 노래를 불렀다. 내가 달리기 시합을 할 때는 동시에 출발해야 하는 거라고 설명을 해 줬다. 그러자 그 애는 좋다고 하면서 다시 시합을 하자고 했다.

"하지만 내가 너보다 조금 앞에서 출발하게 해 줘. 여기는 우리 집 정원이니까 말이야."

우리는 동시에 출발했지만 마리 에드비주는 나무하고 훨씬 가까운 데서 출발했기 때문에 또 이겼다. 몇 번 하고 나서 내가 이제 그만 하자고 했더니 마리 에드비주는 내가 너무 빨리 싫증을 낸다고 했다. 하지만 자기도 달리기 시합이 썩 재미있지는 않으니까 다른 놀이를 하자고 했다.

"나한테 페탕크 공이 있어. 너 페탕크 놀이* 할 줄 아니?"

* 코쇼네라는 작은 빨간색 공을 던져 놓은 후 코쇼네에 가장 가깝게 공을 던진 사람이 이기는 게임. 주로 여름날 저녁, 어린이에서 노인에 이르기까지 온 국민이 즐기는 프랑스의 국민 운동.

마리 에드비주가 물었다.

나는 페탕크 놀이라면 자신 있다. 어른들한테도 이긴 적이 있다. 전에 아빠랑 블레뒤르 아저씨랑 같이 했는데 내가 두 사람을 이겼다. 아빠랑 아저씨는 엄청 웃어 댔지만 절대 두 사람이 나한테 일부러 져 준 게 아니다! 특히 블레뒤르 아저씨는 절대 아니다!

마리 에드비주는 여러 가지 색깔이 칠해진 나무 공을 갖고 나왔다.

"나는 노란 공으로 할게. 빨간 공도 내가 던진다. 그리고 내가 먼저 시작할 거야."

그 애는 빨간 공을 먼저 던지고 그 다음에 자기 공을 던졌다. 그렇게 잘하지는 못했다. 다음에는 내가 공을 던졌다. 내 공이 그 애 공보다 빨간 공에 더 가까이 갔다.

그러자 마리 에드비주가 외쳤다.

"어! 이건 아냐! 취소! 다시 해. 공이 손에서 미끄러진 거야. 다시 할래."

그러더니 그 애는 다시 공을 던졌다. 그래 놓고는 또 공이 미끄러졌다면서 또 던졌다. 이번에는 그 애가 던진 공이 내 공보다 빨간 공에 더 가까웠다. 우리는 놀이를 계속했다. 마리 에드비주는 자꾸만 공을 다시 던졌다. 나는 집에 가고 싶어졌다. 이런 식으로 페탕크 놀이를 하는 건 하나도 재미없다. 더구나 말썽을 부리면 안 되기 때문에 더 답답했다. 이건 정말이지, 말도 안 된다!

"아휴! 우리 힘이 덜 드는 다른 놀이 할까? 잠깐만 기다려. 내 방에 가지고 놀 게 많거든. 내가 가져올게!"

마리 에드비주가 말했다.

나는 그 애가 나오기를 기다렸다. 마리 에드비주는 커다란 상자를 들고 정원으로 나왔다. 그 안에는 별의별 게 다 들어 있었다. 카드, 칩, 망가진 재봉틀, 주사위, 주사위 놀이판(우리 집에도 세 개나 있다.), 떨어진 인형 팔 등 없는 게 없었다.

"카드 놀이는 어때? 너 카드 놀이 할 줄 아니?"

마리 에드비주가 물었다.

나는 바타유 놀이를 할 줄 안다고, 가끔 집에서 아빠랑 카드를 가지고 바타유 놀이를 하는데, 엄청 재미있다고 말했다.

하지만 마리 에드비주가 말했다.

"내가 훨씬 재미있는 놀이를 알아. 내가 만들어 낸 놀이야. 너도 진짜 재미있어할 거야."

마리 에드비주가 만든 놀이는 엄청 복잡했다. 나는 도무지 이해가 되지 않았다. 그 애는 나와 카드를 나누어 갖고는, 내 패를 보고 카드를 바꾸자고 했다. 그건 바타유 놀이하고 조금 비슷했지만 훨씬 더 복잡했다. 예를 들자면, 그 애가 자꾸 3을 내놓고 내가 가진 킹을 가져갔기 때문이다. 그 애가 만든 놀이에서는 클로버 킹이 다이아몬드 3보다 더 높은 것 같았다. 나는 마리 에

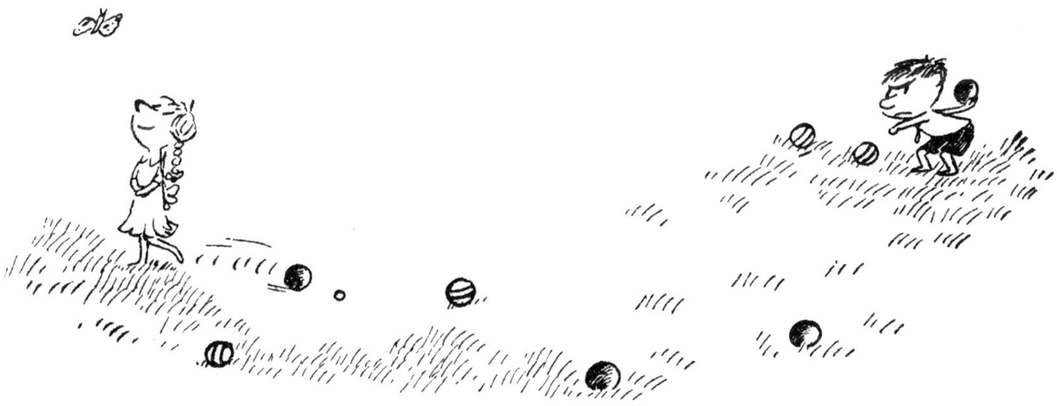

드비주의 놀이가 엄청 바보 같다는 생각이 들었다. 하지만 말썽을 일으키고 싶지 않아서 아무 말도 하지 않았다. 왜냐하면 쿠르트플라크 아줌마가 창문으로 우리가 노는 모습을 지켜보고 있었기 때문이다.

마리 에드비주는 내 카드를 다 따먹고 나서 또 한 판을 하겠느냐고 물었다. 그래서 나는 다른 놀이를 했으면 좋겠다고, 이 놀이는 너무 어렵다고 했다. 그래서 커다란 상자를 뒤지다가 바닥에서 그것을 발견했다. 그게 뭐였냐면…… 바로 체커 놀이 세트였다! 나는 체커 놀이를 끝내주게 잘한다! 나는 체커 놀이 챔피언이다!

"우리 체커 놀이 하자!"

내가 외쳤다.

"좋아! 내가 하얀 말을 할 거야. 그리고 시작도 내가 먼저 할 거야."

그 애가 대답했다.

우리는 풀밭에 체커 놀이판을 펴고 말을 깔았다. 마리 에드비주가 먼저 시작했다. 그 애가 내 말 두 개를 따먹고는 엄청 신나했다. 하지만 바로 이어서 내가 탁, 탁, 탁! 하고 그 애의 말 세 개를 따먹었다.

그러자 마리 에드비주는 나를 빤히 쳐다봤다. 그 애의 얼굴이 빨개졌다. 마치 울려고 할 때처럼 턱이 바들바들 떨렸다. 마리 에드비주는 눈물이 그렁그렁한 채 벌떡 일어나서 체커 놀이판을 발로 차고는 마구 소리를 지르면서 자기네 집으로 들어가 버렸다.

"치사한 속임수쟁이! 너랑 다시는 안 놀 거야!"

나는 엄청 당황해서 우리 집으로 돌아왔다. 엄마는 마리 에드비주가 외치는 소리를 듣고 문 앞에서 나를 기다리고 있었다. 나는 그 동안 있었던 일을 엄마에게 다 이야기했다. 그러자 엄마는 눈을 치켜뜨고 고개를 설레설레 젓더니 이렇게 말했다.

"넌 어쩜 그렇게 네 아빠를 쏙 뺐니? 남자들이란 정말 다 똑같아! 자기가 지면 꼭 골을 내지!"

별난 이웃

## 트럼펫

이번 주 내내 말썽을 거의 안 피웠더니 아빠가 용돈을 주면서 말했다.

"장난감 가게에 가서 갖고 싶은 걸 하나 사렴."

와! 나는 트럼펫을 샀다.

입을 대고 불면 끝내주는 소리가 나는 멋진 트럼펫이었다. 나는 집으로 돌아오면서 이걸 갖고 재미있게 놀아야겠다고, 아빠도 아주 좋아할 거라고 생각했다.

정원에 들어서자, 아빠가 가위로 울타리를 손질하는 모습이 보였다. 나는 아빠를 깜짝 놀래 주려고 살금살금 등 뒤로 다가가서 트럼펫을 힘차게 불었다. 아빠는 비명을 질렀다. 트럼펫 소리에 놀라서가 아니라 가위에 손가락을 베었기 때문이었다.

아빠는 손가락을 빨면서 뒤를 돌아보았다. 아빠는 두 눈이 휘둥그레져서 말했다.

"너 트럼펫을 샀구나!"

그 다음에는 아주 작은 목소리로 이렇게 말했다.

"내 이렇게 될 줄 알았어."

아빠는 손가락을 치료하려고 집 안으로 들어갔다. 우리 아빠는 너무너무 훌륭한 분이지만 손이 야무지지 못하다. 아마 그래서 아빠가 정원 일 하는 걸 싫어하나 보다.

나는 트럼펫을 불면서 집 안으로 들어갔다. 엄마가 부엌에서 뛰어나오면서 외쳤다.

"무슨 일이야? 무슨 일이냐고?"

엄마는 내 트럼펫을 보고 별로 좋아하지 않았다.

"어디서 그런 게 났니? 그런 뚱딴지 같은 장난감이 어디서 나타난 거야?"

나는 아빠가 트럼펫을 사 줬다고 말했다. 마침 그 때 아빠가 왔다. 아빠는 엄마에게 손가락에 반창고 붙이는 걸 도와달라고 하려던 참이었다. 엄마는 팔짱을 끼고, 나한테 트럼펫을 사 주다니 어쩜 그렇게 좋은 생각을 해 냈느냐고 아빠를 칭찬했다. 엄청 겸손한 우리 아빠는 얼굴이 시뻘게져서는 정확히 어떻게 된 일인지 설명하기 시작했다. 나도 그건 정말 좋은 생각이었다고, 나도 아빠를 칭찬해 주고 싶다고 했다. 그러고 나서 나는 트럼펫을 불었다. 엄마는 아빠한테 할 말이 있으니 나보고 나가서 놀라고 했다. 아직 칭찬해 줄 말이 더 남은 모양이다.

나는 정원으로 나가서 나무 밑에 앉았다. 그러고는 트럼펫을 불어서 참새들에게 겁을 주며 놀았다. 아빠 칭찬이 다 끝났는지 집 안이 조용해지자 새가 한 마리도 남지 않았다. 나는 새들을 좋아하기 때문에 앞으로는 될 수 있는 대로 창문을 다 닫고 집 안에서만 트럼펫을 불어야겠다고 생각했다.

조금 있으니까 아빠가 아주 당황한 얼굴로 집에서 나왔다.

"니콜라, 너에게 할 말이 있다."

나는 급한 일이냐고, 지금은 트럼펫을 불어야 하니까 나중에 말하면 안 되느냐고 물었다. 집에서 뭔가 깨지는 소리가 났다. 나는 놀랐다. 엄마는 평소에 절대로 뭘 깨뜨리는 법이 없기 때문이다. 아빠는 아주 급한 일이라고, 남자 대 남자로 이야기해야겠다고 했다. 그래서 내가 말했다.

"그럼 큰 소리로 말하세요. 트럼펫을 계속 불면서 들을 수 있게요."

나는 시간을 낭비하고 싶지 않았다. 그런데 아빠가 "니콜라!" 하고 소리를 버럭 질렀다. 화가 난 것 같았다. 나는 그제야 알아차렸다. 아빠도 트럼펫을 불고 싶은데 차마 나한테 부탁을 못 한 거다. 나는 트럼펫을 있는 힘껏 세게 불고 난 다음에 아빠에게 건네 주었다. 그 때 이웃에 사는 블레뒤르 아저씨가 울타리 너머로 고개를 내밀고 외쳤다.

"이 소란이 금세 끝나지 않으려나 본데?"

블레뒤르 아저씨와 우리 아빠는 티격태격하기를 좋아하지만 오늘은 때를 잘못 골랐다. 아빠가 하고 싶은 건 트럼펫을 부는 거였으니까 말이다.

"블레뒤르, 자네 안 불렀어."

아빠가 말했다.

"그렇게 요란하게 트럼펫을 불어 놓고, 안 불렀다고? 이런 식으로 사람을 부르는 건 내가 군대에 있었을 때나 있던 일인데!"

블레뒤르 아저씨가 대꾸했다.

"자네가 군대에? 아이고, 무늬만 군인이었던 주제에!"

아빠는 껄껄대고 웃었지만 전혀 기분이 좋아 보이지 않았다. 나는 '무늬만 군인'이라는 게 무슨 뜻인지 몰랐는데, 블레뒤르 아저씨는 그 말에 기분이 상했나 보다. 아저씨는 울타리를 넘어서 우리 정원으로 뛰어들어왔다.

"무늬만 군인? 내가? 나는 참전도 했어! 내가 자네 같은 줄 알아?"

나는 블레뒤르 아저씨의 전쟁 이야기를 듣는 게 좋다. 전에 아저씨가 적군으로 가득 찬 잠수함에서 혼자 포로로 잡혔던 이야기를 해 주었다. 그런데 아빠가 다른 얘기를 꺼내는 바람에 아저씨의 이야기를 끝까지 듣지 못해서 아쉬웠다.

"아, 그래?"

아빠가 물었다.

"아무렴!"

아저씨는 이렇게 대꾸하면서 아빠를 밀쳤고, 아빠는 잔디밭에 주저앉고 말았다. 아저씨는 아빠가 일어날 틈도 주지 않고 얼른 울타리를 뛰어넘어 자기 집으로 들어가면서 소리를 질렀다.

"그리고 자네가 불쌍한 아들에게 사 준 저 괴상망측한 장난감 소리 좀 더 이상 안 듣게 해 줘!"

아빠는 일어나서 나에게 말했다.

"트럼펫 내놔!"

내 생각이 옳았다. 아빠는 정말 트럼펫을 불고 싶었던 거다. 나는 아빠를 아주 좋아하기 때문에 트럼펫을 빌려 줬다. 다만 아빠가 트럼펫을 너무 오래 갖고 놀지 않았으면 좋겠다고 생각했다. 나도 트럼펫을 계속 갖고 놀고 싶었으니까 말이다.

아빠는 우리 집과 블레뒤르 아저씨네 집 사이의 울타리로 다가갔다. 그러고는 숨을 있는 대로 들이마시고는 트럼펫을 힘차게 불었다. 아빠 얼굴이 시뻘게졌다. 정말 굉장했다! 나는 그 조그만 트럼펫이 그렇게 큰 소리를 낼 줄은 몰랐다. 아빠가 다시 숨을 들이마시려고 잠깐 멈춘 사이에 블레뒤르 아저씨네 집에서 뭔가 부서지는 소리가 났다. 그러더니 아저씨네 집 문이 활짝 열리고, 아저씨가 달려나왔다. 그와 동시에 우리 집 문도 열렸다. 엄마가 마치 여행이라도 떠나는 사람처럼 큰 가방을 들고 나왔다. 아빠는 두 사람을 번갈아 쳐다보았다. 아빠는 좀 놀란 것 같았다.

"나 친정으로 갈 거야."

엄마가 말했다.

"메메 집에 가는 거예요? 나도 가면 안 돼요? 메메한테 트럼펫을 불어 드리고 재미있게 놀래요!"

내가 말했다.

엄마는 나를 쳐다보더니 눈물을 흘리기 시작했다. 아빠는 엄마를 달래려고 했지만 그럴 겨를이 없었다. 블레뒤르 아저씨가 울타리를 넘어서 우리 집 정원으로 들어왔기 때문이다. 그게 아저씨의 버릇이다. 한번은 아빠가 아저씨를 불러 놓고서 울타리 밑에 빨래통을 놓아 둔 적이 있다. 그 때도 아저씨가 울타리를 넘어오다가 그 통에 빠져서 우리 모두 엄청 웃었다. 하지만 지금은 웃을 분위기가 아니었다.

"그 트럼펫 내놔!"

블레뒤르 아저씨도 트럼펫을 불고 싶은 모양이었다.

하지만 아빠는 무시했다. 아저씨는 계속 소리를 질렀다.

"자네가 그 망할 놈의 트럼펫을 불어서 내 아내를 놀라게 했잖아! 그 바람에 아내가 들고 있던 접시들을 다 깨뜨렸다고!"

"쳇! 싸구려 접시 몇 개 가지고! 별로 큰일도 아니구먼! 가 봐, 이건 우리 집안 문제야."

그러자 블레뒤르 아저씨는 이제 더 이상 집안 문제가 아니라고, 이 정도 소음이면 동네 전체의 문제라고 대꾸했다. 블레뒤르 아저씨의 말이 맞았다. 동네 사람들이 모두 창문을 열고 우리를 쳐다보면서 "조용히 좀 해요!"라고 했으니까 말이다.

"그 트럼펫 이리 내놔."

블레뒤르 아저씨가 말했다. 아저씨는 정말로 트럼펫이 불고 싶었나 보다. 친절한 우리 아빠는 "자, 받게."라고 했다. 아빠는 트럼펫을 내밀었지만 꽉 잡고 놔 주지 않았다. 아빠와 아저씨는 서로 트럼펫을 잡아당기면서 실랑이를 하다가 트럼펫을 땅바닥에 떨어뜨리고 말았다. 아빠는 블레뒤르 아저씨를 밀쳤고, 아저씨는 트럼펫 위로 주저앉았다. 내가 얼른 트럼펫을 주웠는데, 트럼펫은 이미 납작해져 있었다. 더 이상 불 수 없게 되어 버린 거다.

그래서 나는 막 울기 시작했다. 정말이지, 이게 뭐냔 말이다. 아빠든 아저씨든 트럼펫을 불고 싶으면 자기 걸 살 일이지!

내가 엉엉 울자, 아빠 엄마와 아저씨는 나를 위로하려고 했다.

엄마가 말했다.

"우리 아들, 착하지? 아빠가 새 장난감을 사 주실 거야."

그러자 아빠가 말했다.

"그럼, 그럼, 그렇고말고."

블레뒤르 아저씨는 트럼펫 위에 주저앉은 게 아팠는지 엉덩이를 문지르면서, 울타리를 넘어 자기네 정원으로 돌아갔다.

이제 모든 게 잘 해결되었다. 엄마가 준 돈으로 나는 심벌즈를 샀다. 하지만 심벌즈가 트럼펫만큼 재미있을지는 잘 모르겠다.

# 엄마의 운전 면허 따기

우리는 저녁을 먹고 거실에 모여 있었다. 뜨개질을 하던 엄마가 불쑥 고개를 들고 아빠에게 말했다.

"여보, 나 말이야, 왜 지금까지 운전을 안 배웠나 몰라. 내가 운전을 할 줄 알면 차를 차고에 넣어 두고 썩히지 않아도 되잖아."

"안 돼."

아빠가 말했다.

"아니, 왜 안 되는데? 내 친구들은 다 운전해. 클레망스랑 베르티유는 자기 차도 따로 있다고. 그러니까 내가 운전을 못 할 이유는 하나도……."

"이만 가서 자야겠어. 오늘 회사에서 무척 피곤했거든."

아빠는 이렇게 말하고 방으로 들어갔다.

다음 날, 저녁 식사 시간에 아주 맛있는 초콜릿 케이크가 나왔다. 나는 깜짝 놀랐다. 화요일은 원래 콩포트가 나오는 날이기 때문이다. 엄마가 아빠에게 물었다.

"당신 생각해 봤어? 내가 운전 배우는 거 말이야."

"무슨 얘기야?"

"알면서 왜 그래? 어제 얘기했잖아. 내 말을 끝까지 들어 봐. 내 말부터 듣고 말하라고."

엄마는 아빠에게 케이크를 더 주고는 말했다.

"내가 운전을 할 줄 알면 저녁에 내가 회사로 당신을 데리러 갈 수도 있어. 그럼 당신은 콩나물 시루 같은 버스에서 시달리지 않아도 돼. 그리고 애를 위해서도 좋지. 비가 오는 날에는 내가 학교에 니콜라를 데리러 갈 수 있으니까. 그럼 애가 감기 때문에 고생할 일도 줄어들 거고."

"와! 신난다! 친구들도 함께 태우면 되겠다!"

내가 외쳤다.

"물론이지. 그리고 일 주일 치 장을 한꺼번에 봐서 차에 싣고 올 수도 있어. 휴가 여행을 갈 때도 점심 먹고 나서 당신이 졸리면 내가 대신 운전을 할 수도 있고. 당신도 알다시피 내가 워낙 조심성이 많잖아. 아, 나도 당신이 무슨 말을 하려는지 알아. 블레뒤르 부인이 낸 사고 이야기를 하려는 거지? 하지만 여보, 당신도 블레뒤르 부인을 잘 알잖아. 그 부인은 좋은 사람이긴 하지만 엉뚱한 데 한눈팔기 일쑤인걸. 그리고 보험 회사 얘기랑은 다르지만, 아무튼 그이는 사실 자기 잘못이 아니었다고 하더라고…….”

"뤼뤼스네 엄마도 뤼뤼스 아빠 차를 몰아요. 뤼뤼스가 그러는데, 걔네 엄마는 운전을 무지 잘한대요."

나도 한 마디 거들었다.

"아! 너도 아는구나?"

엄마는 이렇게 말하면서 나에게 케이크 한 조각을 더 주었다.

"자, 당신은 어떻게 생각해?"

"확실히 그놈의 버스가 끔찍하긴 하지. 신문도 펼 수 없을 정도니까."

아빠가 대답했다. 그러자 엄마는 벌떡 일어나서 아빠에게 뽀뽀를 했다. 아빠는 웃었다. 엄마는 나한테도 뽀뽀를 하고 우리 둘에게 케이크를 더 주었다.

"이런! 난 아직 동의한 게 아니야!"

아빠가 말했다.

다음 날 저녁, 아빠는 집에서 한 마디도 하지 않았다. 엄마는 눈이 퉁퉁 붓고 빨개져 있었다. 나는 아무 말 없이 콩포트를 먹었다. 장난칠 분위기가 아니었다. 조금 있으니까 아빠가 크게 한숨을 쉬더니 엄마에게 말했다.

"내 말 좀 들어 봐. 내가 오늘 유난히 신경이 예민해져서 그런 건지도 몰라. 하지만 어쩔 수 없어. 당신이 운전에 소질이 없는 건 사실이야."

"아! 그래, 미안해, 미안하다고! 안 그래도 블레뒤르 부인이 남편한테는 절대로 운전을 배우지 말라고 하더라! 당신은 그저 차라면 부들부들 떨고 신경이 곤두서서 소리를 질러 대는데, 내가 어쩌겠어! 나 운전 학원에 등록할 거야!"

엄마가 말했다.

"뭐? 운전 학원비가 얼마나 비싼지 알고나 하는 소리야? 안 돼! 안 돼! 절대로 안 돼!"

아빠가 소리를 질렀다.

"니콜라, 가서 자거라. 내일 학교에 가야지."

엄마가 나에게 말했다.

다음 날 저녁, 엄마는 엄청 기분이 좋아 보였다.

"여보, 나 아주 잘 하고 있어. 운전 학원 강사가 나보고 자세가 아주 좋다고 했어. 처음에는 조금 무섭더니 좀 지나니까 슬슬 재미가 붙더라고. 정말이지, 운전하는 것 너무 재미있어! 내일은 3단 기어 넣는 걸 배울 거야."

나는 엄마가 운전을 배워서 기분이 참 좋았다. 엄마가 학교에 나를 데리러 와서 친구들도 모두 태우고 가면 정말로 신날 테니까 말이다. 그리고 저녁에는 아빠를 데리러 가서 외식도 하고, 영화를 보러 극장에 갈 수도 있을 거다. 조금 아쉬운 건, 엄마가 가끔 학원에서 기분이 아주 나빠져서 돌아온다는 거다. 한번은 엄마가 주차를 배운 날이었는데, 그 날은 가족 모두 기분이 나빴고, 저녁 식사도 준비가 안 되어 있었다.

엄마가 언덕길에서 시동을 걸고 출발하는 걸 못해서 엉엉 운 날도 있었다. 그 날, 아빠는 이제 됐다고, 학원비만 버리고 집안 꼴은 엉망진창이라고, 다 때려치우는 게 낫다고 막 소리를 질렀다.

"내가 회사로 데리러 가면 어깨춤 출 사람이 누군데! 그리고 우리 엄마도 당신이 모시고 다니지 않아도 되잖아!"

엄마가 말했다.

어느 날 저녁, 엄마가 일 주일 뒤면 시험을 볼 거라고 말했다. 그리고 강사가 마지막 날까지 수업을 열심히 듣는 게 좋을 거라고 했다는 말도 했다.

"아무렴, 그렇지! 그 강사도 바보는 아니구먼!"

아빠가 말했다.

그 주에는 집에서 아무도 웃지 않았다. 엄마는 신경이 점점 더 날카로워졌고, 아빠도 마찬가지였기 때문이다. 심지어 한번은 아빠가 쾅 소리가 나게 문을 닫고 집을 나간 적도 있었다. 하지만 밖에 비가 오고 있어서 아빠는 금방 돌아왔다.

시험 바로 전날은 끔찍했다. 우리는 엄청 빨리 저녁을 먹었다. 후식으로는 점심에 먹고 남은 콩포트가 그대로 나왔다. 저녁을 먹고 나서, 엄마는 거실에서 그 동안 배운 것을 복습했다.

"아니, 도대체 학원에서 뭘 배운 거야? 정말 이 표지판이 뭔지 몰라?"

아빠가 소리를 질렀다.

"내가 아까 말했지? 당신이 그렇게 소릴 지르면 머릿속이 하얘져 버린다고. 나도 물론 뭔지 알아. 하지만 당신 때문에 생각이 안 난단 말이야!"

엄마도 소리쳤다.

"아! 어떡하나! 당신 그런 핑계를 들어 줄 만큼 이해심 많은 시험 감독이 걸려야 할 텐데!"

아빠가 대꾸했다. 그래서 내가 말했다.

"그건요, 기찻길이 있다는 뜻이에요."

그러자 엄마가 소리를 질렀다.

"니콜라! 너한텐 아무것도 안 물었어! 너 안 자니? 내일 학교 안 가?"

그래서 나는 막 울었다. 정말이지, 이게 뭐냔 말이다. 말도 안 된다. 그건 기찻길 표지판이 맞다. 답을 맞혔는데 칭찬을 해 주기는커녕 잠이나 자라고 야단만 치다니 너무 억울했다. 아빠가 엄마에게 그런 일로 애 앞에서 소리를 지르면 안 된다고 하자, 엄마도 눈물을 흘리기 시작했다. 엄마는 이제 정말 됐다고, 지겹다고, 차라리 시험을 안 보고 말겠다고, 어쨌든 엄마는 아직 시험 볼 준비가 안 되어 있고, 아직도 배워야 할 것투성이라서 버텨 낼 수가 없다고 말했다.

아빠는 두 팔을 번쩍 치켜올리고는 거실 탁자 주위를 뱅뱅 돌았다. 그러고 나서 엄마한테 그만 진정하라고, 괜찮다고, 엄마는 분명히 준비를 잘했고, 다 잘될 거라고 했다. 만약 엄마가 아빠를 데리러 사무실로 차를 몰고 오면 아빠 친구들이 부러워할 거고, 우리 식구들은 엄마를 자랑스러워할 거라고 했다. 그러자 엄마는 울다가 웃었다. 엄마는 엄마가 바보라면서 나한테 뽀뽀를 하고 아빠에게도 뽀뽀를 했다. 아빠는 운전 학원 교재를 찾으러 갔다. 그 책은 소파 뒤에 떨어져 있었다. 그리고 나는 잠을 자러 내 방으로 올라갔다.

운전 면허
시험용

다음 날 아침, 나는 학교에서 엄청 마음을 졸였다. 엄마가 오전 열 시에 시험을 치르기 때문이었다. 내 친구들도 초조해하기는 마찬가지였다. 내가 친구들에게 엄마가 운전 면허를 따면 학교에 나를 데리러 올 거라고 했기 때문이다. 나는 학교 종이 울리자마자 집으로 뛰어갔다. 집에 돌아와 보니 아빠와 엄마가 웃고 있었다. 아빠와 엄마는 손님을 초대한 날처럼 포도주를 마시고 있었다. 엄마는 얼굴이 발그레했다. 엄마가 그렇게 기분 좋아하는 모습을 보니까 나도 무지 좋았다.

"엄마한테 뽀뽀해 주렴. 엄마가 시험에서 멋지게 합격했단다. 한 번에 면허를 땄어!"

아빠가 말했다.

"와! 우리 엄마 최고!"

내가 외쳤다. 나는 엄마에게 뽀뽀를 했다. 엄마는 운전 면허 시험에 합격했다는 통지서를 나에게 보여주었다. 엄마 말이, 스무 명이 시험을 봤는데 합격한 사람은 아홉 명뿐이었단다.

"아휴! 어쨌든 다 끝나서 정말 후련하구나! 안 그러니, 니콜라?"

아빠가 말했다.

"네, 맞아요!"

내가 말했다. 그러자 엄마가 말했다.

"나도 그래! 내가 그 동안 얼마나 힘들었는지 모를 거야! 하지만 이제 끝났어. 다 끝났어. 한 가지 확실히 말해 두는데, 나 다시는 운전 안 할 거야!"

## 글짓기 숙제

아빠는 퇴근해 들어와서 엄마와 나에게 뽀뽀를 했다.

"아! 오늘은 너무 힘든 날이었어!"

아빠는 실내화를 신고 신문을 집어든 채 안락의자에 앉았다. 나는 아빠에게 숙제하는 걸 도와달라고 했다.

"안 돼, 안 돼! 절대 안 돼!"

아빠가 외쳤다. 아빠는 뭔가 마음에 안 들 때면 늘 그렇듯이 신문을 바닥에 내동댕이쳤다. 그러고는 내 집에서도 잠시나마 쉴 수가 없다니 말도 안 된다고 했다. 그래서 나는 울기 시작했다. 엄마가 부엌에서 달려나와서 무슨 일이냐고 물었다. 그래서 나는 너무 불행하다고, 아무도 날 사랑하지 않는다고, 먼 곳으로, 아주 먼 곳으로 떠나 버리겠다고, 모두 엄청 후회하게 될 거라고,

내가 기분이 안 좋을 때면 늘 하는 말들을 늘어놓았다. 엄마는 아빠에게 알아서 나를 달래 주라고, 엄마는 수플레를 만드는 중이니까 조용히 해 달라고 한 뒤에 부엌으로 다시 들어갔다. 나는 아빠가 나를 어떻게 달래 줄지 정말 궁금했다!

아빠는 훌륭히 해 냈다. 아빠는 우선 나를 무릎에 앉히고서 커다란 손수건으로 내 얼굴을 닦아 주었다. 그러고 나서 아빠의 아빠는 절대로 숙제를 도와주지 않았지만, 아빠는 마지막으로 한 번만 내 숙제를 도와주겠다고 했다. 우리 아빠는 정말 멋지다!

우리는 거실의 작은 탁자에 자리를 잡았다.

아빠가 물었다.

"그래, 숙제가 도대체 뭐야?"

나는 글짓기 숙제라고 대답했다.

"우정에 대해, 가장 친한 친구에 대해 쓰는 거예요."

"아, 그거 재미있겠구나. 아빠는 글짓기를 아주 잘한단다. 학창 시절에 아빠 선생님들이 아빠한테 발자크 같은 재능이 있다고 했어."

아빠가 말했다.

왜 선생님들이 아빠에게 그런 말을 했는지는 모르겠지만, 어쨌든 다행이다. 아빠가 그 말을 아주 자랑스러워하는 것처럼 보였으니까 말이다.

아빠는 나에게 펜을 잡으라고 했다.

“우선 정리를 좀 해 보자. 맨 먼저, 너랑 제일 친한 친구가 누구지?”

“나는 제일 친한 친구가 엄청 많아요. 나머지 애들은 친구가 아니고요.”

아빠는 조금 놀란 기색으로 나를 바라봤다.

“좋아, 좋아.”

아빠는 나에게 그 많은 친구들 중에서 제일 친한 친구 한 명을 골라서 그 친구의 어떤 점이 좋은지 적어 보라고 했다. 그렇게 하면 글짓기의 뼈대가 세워지고, 일단 뼈대를 잡으면 나머지는 쉬울 거라고 했다.

그래서 나는 아빠에게 알세스트 이야기를 했다. 항상 먹을 걸 손에서 놓지 않는 알세스트는 절대 병이 나지 않는다. 알세스트는 내 친구들 중에서 제일 뚱뚱하고, 정말 멋진 친구다. 알세스트 다음에는 조프루아 이야기를 했다. 조프루아는 아주 신기한 친구다. 그 애 아빠는 엄청 부자라서 장난감을 많이 사 준다. 조프루아는 가끔 친구들에게 그 장난감을 망가뜨려도 된다면서 빌려 준다. 그 다음에는 외드가 있다. 외드는 힘이 엄청 세고 주먹질을 잘한다. 하지만 수줍음이 많아서 주먹질도 친구들한테만 한다. 뤼퓌스도 있다. 뤼퓌스도 다른 친구들처럼 별난 구석이 아주 많다. 뤼퓌스는 호루라기를 갖고 다니는데, 그 애 아빠는 경찰관이다. 그리고 맥상은 무릎이 아주 단단하고 달리기를 잘하는 친구다. 맥상의 무릎은 늘 시커멓다. 그 다음에는 조아생이 있다.

조아생은 자기 물건 빌려 주는 걸 좋아하지 않는다. 그리고 용돈을 많이 받아서 늘 캐러멜을 사 먹는데, 그럴 때마다 우리는 조아생이 캐러멜 먹는 걸 구경한다.

여기까지 이야기했을 때 나는 말을 멈추었다. 아빠가 눈이 휘둥그레져서 나를 쳐다보고 있었기 때문이다.

"생각보다 좀 어렵겠구나."

그 때 우리 집 초인종이 울렸다. 아빠가 문을 열어 주러 나갔다가 블레뒤르 아저씨와 함께 들어왔다.

"체커 놀이나 한 판 하자고 왔지."

아저씨가 말했다.

"안 돼. 지금은 니콜라 숙제를 봐 주는 중이야."

아빠가 대답했다.

블레뒤르 아저씨는 내 숙제에 호기심이 생긴 것 같았다. 아저씨는 내 글짓기 주제를 듣고는 빨리 시작해야겠다고, 금세 끝낼 수 있겠다고 했다.

"잠깐만, 내 아들 숙제는 내가 봐 줄 거야."

아빠가 말했다.

"에헤, 우리 둘이 같이 도와주면 숙제는 더 빨리, 더 잘 끝낼 수 있잖나."

아저씨는 이렇게 말하고 거실 탁자 옆에 앉았다. 아저씨는 머리를 긁적이고, 허공을 바라보더니 "그래, 그래, 그래."라고 했다. 그러고는 나에게 제일 친한 친구가 누구냐고 물었다. 내가 대답을 하려는데, 아빠가 그럴 틈도 안 주고 블레뒤르 아저씨에게 우리끼리 하게 내버려 두라고, 우리는 아저씨가 필요하지 않다고 했다.

"그래, 하지만 내가 이러는 건, 자네 아들이 좋은 성적을 받게 해 주려고 그러는 거야. 니콜라라고 만날 성적이 엉망이어야 한다는 법 있나?"

아저씨가 말했다.

아빠는 아저씨 말에 기분이 상했다.

"어쨌든 니콜라에게 이 글짓기에 대해 설명하는 데 자네가 쓸모가 있긴 하겠어. 내가 자네를 묘사하는 글을 쓴다면 아마 이렇게 시작하겠지. '블레뒤르는 나와 제일 친한 친구다. 그 친구는 허구한 날 잘난 체만 하고, 못생기고, 얼간이처럼 군다.'"

아빠가 말했다.

"아! 내가 자네의 제일 친한 친구라니, 그렇게 심한 말은 처음이야! 기분 나빠. 그리고 말이야, 글짓기를 하려면 맞춤법부터 제대로 알아야 해. 그러니까 어서 펜을 나한테 넘기라고!"

아저씨가 소리쳤다.

나는 아빠가 기분이 안 좋은 것 같아서 아빠 편을 들어 주고 싶었다. 그래서 블레뒤르 아저씨에게 우리 아빠는 글을 아주 잘 써서, 선생님들이 아빠한테 발자크 같은 재능이 있다고 했다는 이야기를 해 주었다. 블레뒤르 아저씨는 껄껄대고 웃기 시작했다. 그러자 아빠는 아저씨가 매고 있던 넥타이에 잉크를 묻혔다.

블레뒤르 아저씨는 엄청 화를 냈다.

"나와! 자네가 남자라면 당장 나오라고!"

아저씨가 아빠에게 말했다.

"니콜라의 글짓기가 끝나면 기꺼이 나가서 자네와 한 판 붙지."

아빠가 대꾸했다.

"겁이 나서 당장은 못 나오겠나 보지?"

"그러니까 밖에 나가서 좀 기다려. 우리 지금 바쁜 거 안 보이나?"

하지만 블레뒤르 아저씨는 계속 아빠가 겁이 나서 그러는 거라고 빈정거렸다. 그러자 아빠는 "아, 그래?"라고 물었고, 아저씨는 "그래!"라고 했다. 결국 두 사람은 정원으로 나갔다.

나는 글짓기는 나 혼자 하는 편이 낫겠다고 생각했다. 이제 아빠와 블레뒤르 아저씨는 한동안 서로 밀치고 싸우느라 정신이 없을 테니까 말이다. 하지만 그 덕에 거실이 조용해져서 나는 멋진 글짓기를 할 수 있었다. 나는 아냥이 나랑 제일 친한 친구라고 썼다. 그건 사실이 아니지만 담임 선생님은 좋아할 거다. 아냥은 우리 선생님의 귀염둥이니까 말이다. 글짓기를 끝냈더니, 엄마가 수플레가 다 되었다고, 식기 전에 빨리 먹으라고 했다. 불쌍한 아빠는 이따가 달걀이나 먹어야 할 거다. 뜨거울 때 먹어야 하는 수플레가 아빠를 기다려 주지는 않으니까. 정말이지, 식구들과 저녁을 함께 먹지 못한다면 일찍 퇴근하는 게 도대체 무슨 소용일까? 아빠가 수플레를 못 먹게 되어 정말 유감스럽다. 수플레는 정말 맛있었다.

나는 글짓기 숙제에서 아주 좋은 점수를 받았다. 선생님은 내 공책에 이렇게 썼다.

'독창적인 주제를 개성적으로 잘 썼어요.'

한 가지 마음에 걸리는 일은, 우정에 대해 글짓기를 하던 날부터 아빠와 블레뒤르 아저씨가 서로 말도 하지 않게 된 거다.

# 쿠르트플라크 아저씨 길들이기

아침에 쿠르트플라크 아저씨가 우리 집에 찾아왔다. 우린 모두 엄청 놀랐다. 쿠르트플라크 아저씨는 이사 오는 날 아빠와 싸운 뒤로, 아빠한테는 한 번도 말을 걸지 않았기 때문이다. 아저씨에게는 늘 피아노를 치는 부인과 내 또래의 딸 마리 에드비주가 있다. 마리 에드비주는 아주 예쁘다. 나는 아마 나중에 그 애와 결혼하게 될 것 같다.

"실례지만 사다리나 발판을 좀 빌려 주실 수 있습니까? 그림하고 거울을 벽에 걸려고 하거든요."

아저씨가 말했다.

"아, 물론입니다. 기꺼이 빌려 드리지요."

아빠가 조금 놀란 표정으로 대답했다. 아빠는 사다리를 꺼내 주려고 아저씨와 함께 차고로 갔다. 보는 사람이 없을 때만 몰래 올라가 볼 수 있는 커다란 사다리다. 아저씨는 웃으면서 "고맙습니다."라고 했다. 아저씨가 우리 옆집에 이사 온 뒤로 그렇게 웃은 건 처음이었다.

"뭘요, 이웃사촌이란 말도 있잖습니까? 안 그렇습니까?"

아빠가 말했다.

아저씨가 돌아간 후, 아빠는 아주 기분이 좋아서 엄마에게 말했다.

"당신도 봤지? 저 친구 이제 좀 사람 냄새가 나는군. 조금 사근사근해졌어. 이 참에 저 친구를 완전히 길들이자고."

나도 기분이 좋았다. 엄마 아빠가 쿠르트플라크 아저씨를 길들이면, 나는 마리 에드비주와 마음껏 놀 수 있을 테니까 말이다.

조금 있으니까 누가 또 우리 집 초인종을 눌렀다. 이번에도 쿠르트플라크 아저씨였다.

"또 방해를 해서 죄송합니다. 그림을 걸려고 봤더니 제가 사 놓은 고리가 전혀 맞지 않네요. 그런데 오늘은 일요일이라서 상점도 다 문을 닫았을 테고……."

"저와 같이 지하실로 내려가십시다. 못이랑 고리가 잔뜩 든 상자가 있으니까요. 그 중에서 필요한 걸 찾을 수 있을 겁니다."

아빠가 말했다.

아빠와 아저씨는 지하실로 내려갔다. 잠시 후 다시 올라오는 두 사람의 모습이 아주 만족스러워 보였다. 쿠르트플라크 아저씨는 갈고리를 한 움큼 쥐고 있었다. 아저씨가 물었다.

"정말 이걸 다 가져가도 괜찮겠습니까?"

"이웃끼린데요, 괜찮습니다."

아빠가 말했다. 쿠르트플라크 아저씨는 집으로 돌아갔다.

"저 사람이 원래 그렇게 나쁜 사람은 아닌 것 같아. 덩치는 곰 같아도 마음은 비단결 같은 사람이더라고."

아빠는 이렇게 말하고서 옷을 갈아입으러 갔다. 지하실에서 넘어지는 바람에 셔츠가 온통 시커매졌기 때문이다.

누가 또 우리 집 초인종을 누르자, 아빠가 말했다.

"니콜라, 가서 문 좀 열어라. 분명히 쿠르트플라크 씨일 거다."

내가 문을 열어 주었더니 쿠르트플라크 아저씨가 말했다.

"정말로 죄송합니다. 너무 폐를 끼치고 있는 줄은 압니다만……."

"아닙니다. 괜찮습니다."

아빠가 말했다.

"제가 망치를 어디에 두었는지 못 찾겠네요. 아시다시피 이사를 하다 보면 짐 정리도 안 되고 엉망진창이잖습니까?"

"그런 상황이라면 제가 너무 잘 알지요. 우리가 이 집으로 이사 올 때 어땠는지 얘기하기 시작하면 끝도 없을 겁니다. 아내와 저는 우리 아들 니콜라가 어디 있는지도 모를 만큼 정신이 쏙 빠졌더랬지요!"

아빠, 엄마, 쿠르트플라크 아저씨와 나는 모두 웃었다.

아빠가 말했다.

"잠깐만 기다리세요. 망치를 찾아다 드리지요."

그러고는 다락방에 올라가서 망치를 가지고 내려와 아저씨에게 주었다.

"또 필요한 게 있으면 주저하지 말고 찾아오세요."

아빠가 말했다.

"아이고, 이거 어떻게 감사를 드려야 할지 모르겠네요."

아저씨는 이렇게 말한 뒤에 망치를 가지고 갔다.

"아주 괜찮은 친구란 말이야. 첫인상만으로 사람을 판단하면 안 돼. 저 사람이 겉으로는 무뚝뚝하고 까다로워 보여도 아주 수줍음이 많은 사람이라는 걸 나는 단박에 알아차렸단 말이야."

아빠는 손바닥을 비비면서 말했다.

"쿠르트플라크 씨네 부부가 브리지 게임을 할 줄 알까요?"

엄마가 말했다.

쿠르트플라크 아저씨가 다시 우리 집을 찾아왔을 때는 무척 당황스러운 듯 어색하게 웃고 있었다.

"정말이지, 선생님 댁에서 우리를 아주 성가신 이웃이라고 생각하셔도 할 말이 없습니다."

"무슨 말씀이세요, 서로 돕고 살아야지요. 그리고 선생님이라니, 당치 않습니다."

"그럼 저도 그냥 쿠르트플라크라고 불러 주십시오."

"기꺼이 그러지요. 쿠르트플라크 씨, 이번에는 뭐가 필요하십니까?"

"아, 그게 말입니다! 벽에다 댁의 망치로 댁의 갈고리를 박으려고 했더니 벽이 약간 부서져서 석회 가루가 떨어지는 겁니다. 그런데 우리 집 청소기는 아내가 이삿짐을 쌀 때 썼던 끈 조각들을 치우다가 고장이 나 버렸거든요……."

"아, 말씀 안 하셔도 알겠습니다. 우리 집 청소기를 가져오지요."

아빠는 아저씨에게 청소기를 주었다. 아저씨는 금방 도로 가져오겠다고, 우리 아빠더러 정말 너무 친절한 사람이라고 했다. 아빠가 나에게 말했다.

"봐라, 아주 약간의 친절만 베풀어도 사람들은 서로 친구가 될 수 있단다."

하지만 엄마는 이렇게 말했다.

"그런데 석회 가루 같은 걸 빨아들여도 청소기가 괜찮을지 모르겠네."

"친구를 위해서라면 청소기 쯤이야."

아빠가 대답했다.

조금 있으니까 쿠르트플라크 아저씨가 사다리를 돌려 주러 왔다.

"이걸 어디에다 둘까요?"

"됐습니다. 그냥 두세요. 제가 차고에다 갖다 놓으면 됩니다."

아빠가 대답했다.

"그럼 이제 청소기를 가져오겠습니다."

아저씨가 말했다.

"청소기를 고칠 때까지 쿠르트플라크 부인께서 며칠 더 쓰시는 게 좋지 않을까요?"

아빠가 엄마의 눈치를 보면서 말했다. 하지만 쿠르트플라크 아저씨는 그

럴 순 없다고, 그건 너무 큰 폐를 끼치는 거라고, 그리고 벌써 쿠르트플라크 아줌마는 우리 집 청소기로 아직 남아 있던 끈 조각까지 깨끗하게 치웠으니 괜찮다고 했다.

쿠르트플라크 아저씨는 청소기를 가져오더니 갑자기 이마를 탁 쳤다.

"내 정신이 이렇다니까! 망치 가져오는 걸 깜박했네요!"

"급할 거 없습니다, 쿠르트플라크 씨. 우리 사이에 뭘……."

아빠가 말했다.

"아닙니다, 아니에요. 이미 너무 많은 폐를 끼쳤습니다. 망치를 금방 가져

오지요."

"그러면 우리 니콜라가 같이 가서 가져오면 어떨까요?"

"그럴 게 아니라, 우리 딸 마리 에드비주 편에 망치를 들려 보내겠습니다. 제 얼굴은 지겹도록 보셨으니까요!"

아빠와 아저씨는 함께 껄껄 웃으면서 작별 인사를 하고 힘차게 악수를 했다. 아빠는 아저씨가 간 다음에 이렇게 말했다.

"왜 여태 우리가 저 친구 성격이 고약하다고 생각했나 몰라. 그 집 딸래미가 오면 차라도 함께 하자고 저 집 부부를 초대하면 어떨까 싶은데."

"와! 좋아요!"

내가 외쳤다. 우리 집에 차를 마시러 손님이 오면 엄마가 꼭 케이크를 만들기 때문이다. 조금 있으니까 마리 에드비주가(그 애는 참 예쁘다.) 망치를 가지고 왔다. 아빠는 그 애한테 사탕을 주었다. 그런데 쿠르트플라크 아저씨네 가족은 우리 집에 차를 마시러 오지 않았다. 아저씨는 아빠한테 단단히 화가 나서 다시는 말도 하지 않을 것처럼 말했다.

아저씨는 우리 집에 전화를 걸어서, 점심을 먹기 바로 전에 아이들에게 사탕을 주는 게 도대체 말이나 되는 일이냐고 막 따졌던 거다.

별난 이웃

## 일등을 하다!

어제 내가 우리 반에서 일등을 했다. 신난다!

담임 선생님이 우리에게 받아쓰기를 시켰는데, 나는 일곱 개를 틀렸다. 나 다음으로 아냥이 일곱 개 반을 틀려서 이등이 되었다. 아냥은 우리 반에서 일등이고 선생님의 귀염둥이기 때문에 받아쓰기에서 일등을 놓친 걸 무척 속상해했다.

아냥은 선생님에게 억울하다고, 아는 문제였는데 실수로 틀린 거라고 징징거렸다. 선생님이 조용히 하라고 하자, 아냥은 울기 시작했다. 아냥은 아빠에게 이르겠다고, 그러면 아빠가 교장 선생님한테 따질 거라고, 아무도 자기를 사랑하지 않는다고, 정말 너무 끔찍하다고 말했다. 선생님이 벽을 보고 서 있으라고 했더니, 아냥은 병이 나고 말았다.

나는 받아쓰기 시험지를 가지고 학교를 나섰다. 선생님이 시험지에 빨간 글씨로 '니콜라가 받아쓰기에서 일등을 했어요. 참 잘했어요.' 라고 써 주었다. 친구들은 평소처럼 나와 함께 빵집에 가서 진열대를 구경하고 초콜릿을 사고 싶어 했다. 하지만 나는 오늘은 집에 빨리 가 봐야겠다고 했다.

"받아쓰기에서 일등 하니까 이제 우리랑 같이 놀기도 싫다 이거지?"

알세스트가 말했다. 나는 대꾸도 하지 않았다. 알세스트는 받아쓰기에서 스물여덟 개하고 반이나 틀렸다. 나는 집까지 뛰어갔다.

"나 일등 했어요!"

나는 소리치면서 집 안으로 들어갔다. 엄마는 내 받아쓰기 시험지를 보고는 내게 뽀뽀를 해 주었다. 엄마는 내가 무척 자랑스럽다고, 아빠도 아주 기뻐할 거라고 했다.

"그럼 오늘 후식으로 초콜릿 케이크 먹는 거예요?"

"오늘 저녁에? 어머, 어쩌니. 오늘은 초콜릿 케이크를 만들 시간이 없어. 아빠 셔츠를 다려야 하거든."

"엄청 어려운 단어가 많이 나오는 받아쓰기였어요. 선생님이 애들 앞에서 칭찬도 해 줬단 말이에요."

엄마는 나를 쳐다보고 한숨을 쉬더니 이렇게 말했다.

"그래, 그래, 우리 아들. 상으로 초콜릿 케이크를 먹게 해 줄게."

엄마는 부엌으로 다시 들어갔다. 정말이지 이게 뭐람!

아빠가 문을 열고 들어오자, 나는 받아쓰기 시험지를 들고 달려가서 큰 소리로 외쳤다.

"아빠, 보세요. 선생님이 내 시험지에 뭐라고 썼는지 보시라고요."

아빠는 시험지를 보고는 이렇게 말했다.

"아주 장하구나, 우리 아들."

아빠는 겉옷을 벗고 거실 안락의자에 앉더니 신문을 읽기 시작했다.

"아빠, 내가 일등을 했어요!"

"응, 그래."

아빠가 대답했다. 나는 부엌으로 달려가서 엄마에게 이건 말도 안 된다고, 아빠는 내 시험지를 자세히 들여다보지도 않는다고 했다. 나는 화가 나서 발을 동동 구르고 입을 삐죽거리며 소리를 질렀다.

"니콜라, 진정해. 아빠가 일하느라 피곤하셔서 그래. 아빠가 무슨 일인지 제대로 몰라서 그런 거니까 우리가 가서 잘 설명해 드리자. 그러면 아빠도 너를 칭찬해 주실 거야."

나는 엄마와 함께 거실로 갔다.

"여보, 니콜라가 학교에서 일등을 했어. 우리가 칭찬해 줘야 할 것 같아."

아빠는 신문을 보다 말고 고개를 들고는 눈이 휘둥그레져서 말했다.

"칭찬은 벌써 해 줬는데? 아주 장하다고 말해 줬어."

아빠는 내 머리를 쓰다듬어 주었고, 엄마는 다시 부엌으로 들어갔다.

"아빠, 내 받아쓰기 시험지 좀 읽어 보세요. 진짜 어려웠단 말이에요!"

"그래, 나중에. 나중에 볼게."

아빠는 다시 신문을 읽기 시작했다.

나는 부엌에 가서 엄마에게 아빠가 받아쓰기 시험지를 안 읽어 본다고, 아무도 나한테 관심이 없다고, 나는 집을 나갈 거고 모두 엄청 후회하게 될 거라고, 특히 지금은 내가 일등을 했으니까 후회가 더 클 거라고 했다. 나는 엄마를 따라서 다시 거실로 왔다.

"여보, 내 생각에는 얘가 오늘 학교에서 아주 좋은 성적을 받았으니까 당신이 좀더 관심을 보여주는 게 좋을 것 같아."

엄마는 이렇게 말하고는 더 이상 엄마를 귀찮게 하지 말라고, 안 그러면 초콜릿 케이크를 만들 수가 없다고 했다. 엄마는 다시 부엌으로 들어갔다.

"아빠, 내 받아쓰기 시험지 볼 거죠?"

내가 말했다.

아빠는 시험지를 들고 보면서 말했다.

"오! 이런! 이런! 정말 어렵구나. 오, 이것 봐라! 잘했네. 오! 이런! 정말 대단하구나!"

아빠는 다시 신문을 들었다.

"아빠, 그럼 스케이트 사 줄 거죠?"

"스케이트? 무슨 스케이트?"

"아빠도 알잖아요. 전에 내가 반에서 일등 하면 스케이트 사 준다고 약속했잖아요."

"니콜라, 그 얘기는 나중에 하자꾸나. 알았지?"

정말이지 어이가 없었다! 스케이트를 사 준다고 약속해서, 내가 반에서 반아쓰기 일등을 하고 선생님이 칭찬도 해 줬는데, 이제 와서 다음에 얘기하자니! 나는 카펫에 주저앉아 주먹으로 바닥을 치면서 떼를 썼다.

"너 볼기짝 맞고 싶어?"

아빠 말에 나는 울음을 터뜨렸다. 엄마가 달려나왔다.

"또 왜 그래?"

나는 아빠가 내 볼기짝을 때리려고 했다고 말했다.

"정말이지 애 기죽이는 방법도 가지가지라니까."

엄마가 말했다.

"맞아요. 스케이트 안 사 주면 나는 엄청 기가 죽을 거예요."

내가 말했다.

"무슨 스케이트?"

엄마가 물었다. 그러자 아빠가 설명했다.

"내가 이 받아쓰기의 대가로 스케이트 한 켤레 값을 내놔야 할 모양이야."

"노력을 했으니까 상을 받아야지."

엄마가 말했다.

"아무렴, 백만장자 아빠한테서 태어난 니콜라는 정말 행운아야. 그러니까 나도 기쁜 마음으로 황금 스케이트를 선물해 주지. 철자법을 일곱 개밖에 안 틀렸다고 칭찬해 주면서!"

아빠가 말했다. 우와, 우리 아빠가 백만장자였다니! 이 사실을 조프루아에게 말해 줘야겠다. 녀석은 항상 자기 아빠가 엄청 부자라고 뻐기고 다니니까 말이다. 어쨌든 친구들이 쉬는 시간에 내가 황금 스케이트를 신은 모습을 보면 모두 놀라서 뒤로 넘어갈 거다!

"그래, 알았으니까 저녁 얻어 먹고 싶으면 내가 부엌에서 조용히 요리 좀 하게 해 줘."

엄마가 말했다.

"서둘러 줘. 당신도 알겠지만 오늘 저녁 먹고 나서 사장 집으로 가야 해. 그 집에서 고객들을 만나기로 했어."

아빠가 말했다.

"어머, 어떡해! 당신 셔츠! 니콜라의 케이크를 만드느라 셔츠 다리는 걸 깜빡했어!"

"잘한다, 잘해! 그래, 나는 이 집에 있으나마나 한 사람이로군. 지금 입고 있는 이 셔츠를 그대로 입는 수밖에 없지. 아주 잘했어!"

그러자 엄마는 울기 시작했다. 아빠는 엄마에게 뽀뽀를 해 주었다. 나는 너무 슬펐다. 엄마가 슬퍼하는 걸 보면 나도 마음이 엄청 아프다.

저녁을 먹는 자리에서는 아무도 입을 열지 않았다. 케이크가 나왔지만 나는 먹고 싶지도 않았다.

하지만 오늘은 그야말로 끝내줬다. 나는 수학 시험에서 빵점을 맞고 집으로 왔다. 아빠는 나를 혼내기는커녕 "그래, 이게 우리 아들이지."라고 했다. 아빠는 나와 엄마를 극장에 데려가서 영화도 보여줬다. 학교가 끝나고 친구들과 빵집에 초콜릿을 사러 갔을 때 알세스트가 한 말이 딱 맞았다.

"아빠 엄마를 굳이 이해하려고 애쓸 필요는 없어."

# 크로케 놀이

오늘 끝내주는 놀이를 배웠다. 바로 크로케다. 블레뒤르 아저씨가 우리 집 정원에 커다란 나무 상자를 안고 왔다. 아저씨가 아빠에게 말했다.

"내가 뭘 마련했는지 좀 봐."

아저씨는 상자를 열었고, 아빠와 나는 그 안에 뭐가 있는지 들여다보았다. 나무로 된 공 여러 개, 손잡이가 기다란 망치 같은 것들, 반달 모양의 고리들이 잔뜩 들어 있었다.

"이게 뭐야? 크로케 놀이 세트잖아? 땅에 구를 일 있어?"

아빠가 외쳤다.

"크로케가 뭔데요?"

내가 물었다.

"자네보고 땅에 구르라고 안 할게. 같이 해 보려고 갖고 온 거야."

"좋아."

아빠가 말했다.

"나도 해도 돼요? 네? 해도 돼요?"

내가 물었다. 하지만 아빠는 대답도 안 했다. 우리 집 정원에다 고리를 때려 박는 아저씨에게 소리를 지르느라 그럴 짬이 없었다.

"이봐! 우리 집 잔디에다 그걸 마구 박아 대면 안 되지, 안 그래?"

아빠가 외쳤다.

"잔디? 콧방귀밖에 안 나오는군. 눈 씻고 봐도 잡초만 무성한 풀밭이구먼. 그냥 빈터나 다름없잖아."

아저씨가 말했다. 하지만 아저씨 말은 틀렸다. 우리 정원은 빈터와 하나도 안 비슷하다. 빈터에는 바퀴 없는 고물 자동차도 있고, 그 안에 들어가서 부릉부릉 하고 신나게 놀 수도 있고, 우리 정원보다 훨씬 근사하다. 아빠는 블레뒤르 아저씨의 말에 기분이 나빠졌다. 아빠는 아무도 아저씨를 부르지 않았다고, 아빠도 아저씨네 정원에다 마구 구멍을 파겠다고, 만약 개가 있었다면 당장 풀어서 아저씨를 쫓아 냈을 거라고 했다.

"아, 됐어! 됐다고!"

아저씨는 상자와 고리, 망치를 챙겨서 자기네 집으로 갔다.

아빠와 나는 우리 집 정원에 그대로 있었다. 아빠는 머리를 긁적이면서 잔디를 바라보더니 다음 주에는 꼭 정원을 손질해야겠다고 했다. 나는 울타리 너머를 쳐다보았다. 블레뒤르 아저씨가 자기 집 정원 곳곳에 고리를 박는 모습이 보였다. 그러고 나서 아저씨는 나무 공을 망치로 치기 시작했다.

"아이고, 재미있어라! 너무너무 재미있다!"

블레뒤르 아저씨는 노래라도 부르듯 외쳤다. 아저씨 혼자서 휘파람도 불고 "오! 이번 공은 끝내주게 갔는데? 이런!" 하고 소리치는 게 정말로 재미있어 보였다. 나도 재미있게 놀고 싶었다. 물론 크로케를 할 줄은 모르지만, 나는 뭐든지 엄청 빨리 배운다. 문법, 수학, 지리, 역사랑 암송만 빼고 말이다. 암송할 때는 다음 낱말이 도무지 생각이 나지 않는다.

"아빠, 나 블레뒤르 아저씨하고 놀아도 돼요?"

내가 아빠에게 물었다.

"안 된다, 니콜라. 네가 금세 이겨 버릴걸? 그러면 블레뒤르 아저씨는 네가 속임수를 썼다고 생트집을 잡을 거다."

아빠는 목청을 돋우어 아주 큰 소리로 말했다. 그러자 블레뒤르 아저씨가 벌건 얼굴을 울타리 너머로 내밀고 외쳤다.

"자네가 그렇게 빈정대니까 하는 말인데, 내가 자네랑 시합해서 이긴다는 데 100프랑 걸겠네!"

아빠는 껄껄 웃으며 아저씨가 사기를 치려고 한다고 했다. 그러자 아저씨는 우리 아빠가 겁쟁이이고 아마 내기 할 100프랑도 없을 거라고 했다.

"뭐, 내가 겁쟁이라고? 내가 정말 겁쟁이인지 아닌지 한번 볼 텐가?"

아빠는 블레뒤르 아저씨네 정원으로 갔다. 나도 아빠를 따라갔다.

"내가 파란 공을 칠 거야. 자네가 빨간 공을 치라고."

아저씨가 말했다.

"그럼 나는 초록색 공 할래요!"

내가 말했다. 하지만 아빠는 나한테 내가 크로케를 할 줄도 모르고, 돈이 걸린 시합에는 끌어들이고 싶지 않다고 했다. 그래서 나는 막 울었다. 나는 말도 안 된다고, 엄마한테 가서 다 말하겠다고 했다. 그러자 아빠는 다음 판부터 나를 끼워 주겠다고, 이번 판은 구경을 하면서 어떻게 하는 건지 잘 보라고, 그리고 아저씨가 자기 공을 아주 멀리 보내면 공을 찾아오는 일을 하라고 했다. 아빠는 블레뒤르 아저씨에게 100프랑을 따서 나에게 맛있는 케이크를 사 주겠다고 했고 그래서 나는 좋다고 했다.

크로케는 참 희한한 놀이다. 규칙이 여간 어려운 게 아니다. 경기를 하는 사람들은 처음에 누가 먼저 할 건지를 놓고 싸운다. 일단 "이 놀이 세트는 내 거야. 하기 싫으면 몽땅 다 상자에 도로 넣을 테니까 자네는 자네 일이나 보라구!"라고 말하는 사람이 먼저 하게 된다. 이 말을 한 사람은 블레뒤르 아저

씨였다. 아저씨는 망치를 쥐고 자기 공을 팡! 하고 때렸다. 아저씨의 파란 공이 블레뒤르 아줌마가 기르는 노란 꽃들 사이에 떨어졌다. 그러자 또다른 사람, 그러니까 우리 아빠가 킬킬대고 웃었다. 아줌마가 창문을 열고 아저씨에게 뭐라고 뭐라고 소리를 질러 댔다. 하지만 그건 놀이에 포함되지 않는다. 어쨌든 아줌마는 놀이를 하고 있는 게 아니니까 말이다.

아빠는 웃음을 멈추고 빨간 공을 아주 부드럽게 밀었다. 아빠가 밀어 낸 공이 반원형의 고리 가까이 밀려 갔다. 그러자 아빠는 발로 살짝 공을 건드렸다. 아저씨가 뛰어오면서 외쳤다.

"그건 무효야, 무효! 자네는 망치로 공을 두 번이나 쳤어!"

"아니에요! 두 번째는 발로 민 거예요!"

내가 소리쳤다. 그러자 아빠가 이해할 수 없는 행동을 했다. 내가 아빠 편을 들어 주었는데도 나한테 화를 낸 거다.

"니콜라! 너 조용히 안 있을 거면 집으로 가!"

아빠가 호통을 쳤다. 나는 울기 시작했다. 나는 크로케를 배우고 싶다고, 너무 억울하다고 말했다. 아저씨가 아빠에게 말했다.

"괜히 애꿎은 애만 잡지 말고 좀 정정당당하게 게임을 해 봐!"

그러자 놀이는 한참 더 복잡해졌다. 경기하던 사람들이 망치를 내려놓고는 서로 멱살을 잡고 싸웠기 때문이다.

블레뒤르 아줌마가 다시 창문을 열고 아저씨를 불렀다. 그러자 아저씨는 얼굴이 시뻘게져서는 우리 아빠에게 조금 작은 목소리로 이야기하자고, 아줌마의 친구들이 차를 마시러 집에 와 있다고 말했다.

"자, 그럼 다시 시작하자고."

아저씨가 망치를 주우면서 말했다.

"말도 안 돼! 잘 풀리고 있는데 왜 처음부터 다시 해?"

아빠가 말했다.

게임은 점점 더 재미있어졌다. 크로케에서는 경기하는 사람들이 경기 도중에 공을 마음대로 바꿀 수 있나 보다. 아저씨는 우리 아빠의 빨간 공을 치고는 이렇게 말했다.

"자! 이제 망했지? 자네도 다시 시작하는 게 낫겠지?"

그런데 그 공이 아저씨네 집 벽에 탕! 하고 부딪혔다.

블레뒤르 아줌마가 아주 기분 나쁜 얼굴로 또 창문을 열었다. 차가 쏟아져서 아줌마 옷 앞자락이 흠뻑 젖어 있었다. 아줌마는 거실 벽에 걸어 둔 그림이 떨어졌다고 소리를 질렀다. 하지만 아빠와 아저씨는 경기를 중단하지 않았다. 둘 다 경기에 엄청 열중해 있었다. 아저씨가 친 공이 아주 잘 맞았는지, 아빠가 잔뜩 화가 나 있는 것 같았다.

"자네가 잘난 줄 알지? 어디 누가 이기나 보자고!"

아저씨가 아빠한테 말했다.

아빠는 망치로 아저씨의 발등을 세게 때렸다. 아저씨는 "아이고! 아이고!" 하더니 아저씨의 망치로 우리 아빠의 머리를 때리려고 했다.

크로케 놀이에서는 내가 이해할 수 없는 게 너무 많았다. 예를 들면 나무 공이랑 반원형 고리들은 도대체 어디에 쓰는 건지 모르겠다. 하지만 상관 없다. 그런 건 없어도 될 것 같다. 망치로 쓸 만한 것들을 찾아봐야겠다. 내일 학교에 가서 친구들에게 크로케를 가르쳐 줘야지.

쉬는 시간에 크로케를 하면 엄청 재미있을 거다.

# 실베스트르

"왜 친구들이랑 빈터에 가서 놀면 안 돼요? 날씨도 이렇게 좋은데!"

내가 엄마에게 말했다.

"안 돼, 니콜라. 오늘은 집에 있으라고 했잖니."

엄마가 말했다.

"하지만 친구들이 빈터에 상자를 잔뜩 가져온다고 했단 말이에요. 그럼 엄청 재미있을 텐데. 상자를 가지고 버스 놀이나 기차 놀이를 할 거란 말이에요. 무지 재미있을 거예요!"

"바로 그래서 안 된다는 거야! 엄마는 네가 사람들이 내다 버린 쓰레기를 갖고 노는 게 싫어! 네가 온통 진흙투성이가 돼서 꾀죄죄한 꼴로 집에 들어오는 데 아주 넌더리가 난다! 이제 좀 얌전히 굴어! 오늘은 마르슬랭 아줌마가 아기를 데리고 놀러 오기로 했어. 아줌마 앞에서 말썽 피우면 알아서 해!"

"하지만 친구들이 기다린단 말이에요. 나 혼자 집에서 뭐 하고 놀아요?"

"아줌마네 아기랑 놀아 주면 되잖니. 아주 귀여울 거야."

엄마 말대로 아기는 엄청 귀여울 거다. 하지만 아기하고는 재미있게 놀 수가 없다. 사촌 동생이 아기라서 잘 안다. 아기는 건드리기만 해도 말썽이 벌어지기 일쑤다.

나는 엄마가 어떻게 나오는지 보기 위해 울어 보려고 했지만, 엄마는 내가 계속 떼를 쓰면 화를 내겠다고 했다. 그래서 나는 정원에 나가서 땅바닥에 대고 발길질만 했다. 너무 억울했다. 정말이지 오늘은 목요일이라 학교에 안 가도 되고, 문법 시험에서는 12등이나 했다. 친구들과 놀지도 못하면 학교에서 성적을 잘 받으려고 애쓸 필요가 뭐가 있냔 말이다.

나는 뾰로통해져서 페탕크 놀이를 했다. 혼자 하는 페탕크 놀이는 별로 재미가 없었다. 그 때 누가 우리 집 대문 앞에서 초인종을 눌렀고, 엄마가 문을 열러 뛰어나갔다. 마르슬랭 아줌마가 유모차를 끌고 온 거였다. 마르슬랭 아줌마는 우리 동네에 사는데, 한동안 볼 수가 없었다. 아마 아기를 낳으러 병원에 갔던 모양이다.

엄마와 마르슬랭 아줌마는 소리를 질러 댔다. 오랜만에 만나서 엄청 좋은가 보다. 그러고 나서 엄마는 유모차 안에 든 아기를 보려고 몸을 숙였다.

"어쩜, 너무 귀여운 공주님이네!"

엄마가 말했다.

"남자 애야. 이름은 실베스트르라고 해."

아줌마가 말했다.

"아, 그래? 그렇구나. 애가 자기 닮았네!"

"어머, 그렇게 생각해? 우리 시어머니는 나보다는 아빠를 많이 닮았다고 하던데. 사실 눈동자가 파란 걸 보면 조르주를 닮은 것 같기도 해. 내 눈은 갈색이잖아."

"하지만 눈동자 색깔은 자라면서 많이 바뀌더라고. 보통 어릴 때는 파랗다가 크면서 갈색이 되지. 게다가 얘 표정이 완전히 자기를 쏙 뺐는데?"

엄마는 이렇게 말하고는 "우르르르, 까꿍! 도리도리!"를 했다. 나도 아기를 보려고 다가갔다. 하지만 유모차가 너무 높아서 까치발을 해야 했다. 까치발을 했는데도 제대로 보이지가 않았다.

"너 아기한테 손 대면 안 된다!"

엄마가 소리쳤다.

"그냥 내버려 둬."

마르슬랭 아줌마가 웃으면서 말했다. 아줌마는 나를 안아 올려서 아기를 잘 볼 수 있게 해 주었다. 아기는 눈이 아주 컸는데, 아무 데도 보고 있지 않

았다. 아기는 침을 질질 흘리면서 발그레한 작은 손을 꼭 쥐고 있었다. 아기와 아줌마가 어디가 닮았다는 건지 모르겠다. 아줌마는 나를 다시 땅에 내려주고는 실베스트르가 나를 보고 웃었다면서 나와 실베스트르가 어느새 아주 친해졌다고 했다. 하지만 그건 거짓말이다. 실베스트르가 한 일이라고는 내내 침을 흘린 것뿐이었으니까.

그 다음에 엄마와 아줌마는 정원의 베고니아 화단 옆에 있는 긴 의자에 앉았다. 나는 다시 페탕크 놀이를 시작했다.

"니콜라, 당장 그만두지 못하겠니?"

엄마가 소리를 질렀다.

"왜요?"

내가 물었다.

엄마는 엄청 무서웠다.

"커다란 페탕크 공에 아기가 맞기라도 하면 어떡해. 위험하잖아."

엄마가 말했다.

"어머! 그렇게 야단치지 마. 분명히 니콜라가 알아서 조심할 거야."

아줌마가 말했다.

"오늘 쟤가 왜 저러는지 모르겠어. 사사건건 말썽이야!"

"아니야, 얘는. 니콜라가 얼마나 다정한 아인데. 게다가 이제 정말 다 컸는 걸. 니콜라도 실베스트르 옆에서는 페탕크 놀이를 안 하는 게 좋다는 걸 잘 안다고. 그렇지, 니콜라?"

나는 놀이를 그만두었다. 그러고는 호주머니에 두 손을 집어 넣은 채 나무에 기댔다. 나는 슬슬 심술이 나기 시작했다. 목구멍에 커다란 덩어리가 걸린 것처럼 울어 버리고 싶었다. 실베스트르 때문에 아줌마와 엄마가 나를 심심하게 만들었다. 아기는 뭐든지 하고 싶은 대로 하게 내버려 두면서 나는 아무것도 못 하게 하다니!

조금 있으니까 마르슬랭 아줌마가 실베스트르에게 줄 우유를 데워야겠다고 말했다. 아기가 우유 먹을 시간이 되었던 거다.

"니콜라한테 실베스트르를 좀 보고 있으라고 하지 뭐. 우리가 니콜라를 얼마나 믿는지 보여줄 겸 말이야. 니콜라도 이제 어엿한 남자인걸!"

마르슬랭 아줌마가 말했다.

내가 아무 말도 안 하고 있으니까 엄마는 눈을 부릅뜨면서 내게 눈치를 주었다. 그래서 나는 내가 실베스트르를 보고 있겠다고 했다. 아줌마는 웃으면서 엄마와 함께 집으로 들어갔다. 나는 유모차 가까이 다가가서 다시 한 번 아기를 보려고 가장자리를 붙잡았다. 실베스트르가 그 커다란 눈으로 나를 쳐다봤다. 그런데 갑자기 실베스트르가 흘리던 침을 뚝 멈추고는 입을 벌리고 막 울기 시작했다.

"어, 왜 그래? 조용히 해, 아가야!"

하지만 실베스트르는 점점 더 큰 소리로 울었다. 아줌마와 엄마가 집에서 달려나왔다.

"니콜라! 너 또 무슨 짓을 한 거야?"

엄마가 소리를 질렀다. 그래서 나도 울기 시작했다. 나는 아무 짓도 안 했다고, 실베스트르가 왜 날 보고 우는지 나도 모르겠다고 했다. 그러자 마르슬랭 아줌마는 내가 아무 짓도 안 했다는 말을 믿는다고, 실베스트르는 워낙 잘 운다고, 더구나 우유 먹을 시간이 돼서 그랬을 거라고 말했다. 그러자 엄마는 몸을 숙여 내 팔을 잡고 말했다.

"그래, 됐다, 니콜라. 엄마가 너를 혼내려고 그런 거 아니야. 우리 귀여운 병아리, 엄마도 네가 나쁜 짓 하지 않았다는 거 잘 알아."

엄마는 나에게 뽀뽀를 해 주었고 나도 엄마에게 뽀뽀를 했다. 우리 엄마는 정말 멋지다. 나는 우리가 서로 화를 내지 않게 돼서 기분이 좋았다.

실베스트르도 더 이상 울지 않았다. 아기는 이상한 소리를 내면서 젖병을 빨았다.

"이런, 너무 오랫동안 나와 있었네. 이제 집에 가 봐야 할 것 같아."

마르슬랭 아줌마가 말했다.

아줌마는 엄마와 뽀뽀를 하고 우리 집을 나섰다. 아줌마는 나가다가 잠깐 뒤를 돌아보고 이렇게 물었다.

"니콜라, 엄마가 너한테 실베스트르 같은 동생을 데려다 주면 좋겠지? 안 그러니?"

"아, 그럼요! 동생이 있으면 좋겠어요!"

내가 말했다.

그러자 엄마와 아줌마는 호들갑을 떨면서 웃었다. 그리고 모두 나에게 또 뽀뽀를 했다. 왜들 그러는지!

엄마가 실베스트르 같은 동생을 데려다 주면 좋겠다는 말은 진심이다. 엄마가 동생을 데려온다면 그 동생을 태울 유모차도 같이 사 올 테니까 말이다.

유모차 바퀴하고 빈터에서 주운 상자만 있으면 나와 친구들은 엄청 신나는 버스 놀이를 할 수 있겠지!

# 나는 정리 정돈을 잘해

"이게 돼지우리가 아니고 도대체 뭐니?"

엄마가 내 방을 가리키며 말했다. 내 방이 좀 지저분한 건 사실이다. 장난감이랑 책이랑 잡지 같은 게 사방에 널려 있다. 정리를 하려고 했지만 솔직히 쉬운 일은 아니었다. 그리고 엄마는 오늘 화가 나 있었다.

"엄마는 한 시간쯤 나갔다 올 테니까 그 때까지 네 방 정리를 다 해 놓았으면 좋겠구나. 쓸데없는 짓 좀 하지 말고."

엄마가 나가자마자 나는 정리 정돈을 시작했다. 쓸데없는 짓이라면 걱정할 필요가 없다. 이제 나는 다 컸기 때문에 그런 짓은 안 한다. 아무튼 석 달 전 내 생일을 치르기 전과는 완전히 달라졌단 얘기다.

나는 내 침대 밑에 쑤셔 넣은 물건들을 꺼내는 것부터 시작했다. 뭐가 엄청 많았다. 거기서 비행기를 찾았다. 고무줄 태엽을 감으면 프로펠러가 돌아가면서 날아간다. 엄마는 내가 그 비행기를 갖고 노는 걸 싫어한다. 늘 내가 언젠가는 그걸로 무슨 사고를 치고 말 거랬다. 나는 비행기가 여전히 잘 나는지 시험해 보았다. 엄마 말이 맞았다. 비행기는 내 방 밖으로 날아가서 멋진 비행을 보여주고는 탁자에 놓인 꽃병에 부딪혀 꽃병을 깨뜨리고 말았다.

심각한 문제는 아니었다. 아빠는 할머니가 준 그 꽃병이 안 예쁘다고 몇 번이나 이야기했으니까 말이다. 물론 꽃병 안에는 꽃과 물이 있었고, 탁자와

작은 레이스 깔개에 물이 쏟아져 버렸다. 하지만 물은 금방 마를 거니까 괜찮다. 정말 별로 심각한 문제는 아니었다. 비행기도 하나도 망가지지 않았다.

나는 다시 내 방으로 들어와서 침대 밑에 있던 장난감들을 장롱 안에 정리하기 시작했다. 나는 장롱 안에서 털이 북슬북슬한 곰 인형을 찾았다. 내가 어렸을 때 갖고 놀던 거다. 가엾은 내 곰 인형은 여기저기 딱지가 앉은 것처럼 털이 빠져서 보기 싫었다. 그래서 나는 곰 인형을 예쁘게 단장시켜 주기로 마음을 먹었다. 나는 욕실에서 아빠의 전기 면도기를 가져왔다. 털을 전부 밀어 버리면 어디가 털이 빠진 자리였는지 더 이상 알아볼 수 없을 테니까 말이다. 게다가 아빠의 전기 면도기는 엄청 신기하다. 위이잉 소리를 내면서 털을 모조리 깎아 버린다. 그런데 곰 인형의 털을 반쯤 깎았을 때, 면도기에서 위이잉 소리가 나지 않고 불꽃이 번쩍 일더니, 더 이상 켜지지 않았다. 별로 큰 문제는 아니었다. 아빤 면도기가 너무 오래됐다면서 새것을 하나 사야겠다고는 말했으니까 말이다. 하지만 곰 인형은 조금 불쌍하게 됐다. 윗몸만 털이 깎여서, 꼭 털 바지를 입은 것처럼 보였기 때문이다.

나는 곰 인형을 다시 장롱에 집어넣고 아빠의 면도기도 욕실에 갖다 놓았다. 그러고는 정리를 마저 하려고 내 방으로 왔다. 성가시게도 장난감이 장롱에 다 들어가지 않았다. 그래서 나는 버려도 되는 것들을 골라 내려고 전부 도로 꺼내기로 했다. 나는 바퀴 없는 자동차나 자동차 없는 바퀴, 바람 빠진

축구공, 주사위 놀이에 쓰는 칩들, 쌓기 놀이에 쓰는 블록들, 이미 다 읽은 책이랑 벌써 다 색칠한 그림 같은 걸 골라 냈다. 그런 것들은 아무 짝에도 쓸모가 없었다. 그래서 나는 몽땅 다 이불에 싸서 쓰레기통에 버리기로 했다. 그때 아주 좋은 생각이 떠올랐다. 창문으로 이 꾸러미를 던지면 계단을 더럽힐

염려도 없고 훨씬 더 빨리 끝낼 수 있을 것 같았다. 하지만 현관문 위의 유리 지붕을 생각하지 못한 게 문제였다. 꾸러미가 유리 지붕 위에 떨어져 유리가 깨져 버린 거였다. 다행히도 별로 큰 문제는 아니었다. 엄마는 항상 이 유리 지붕은 청소를 할 수가 없다고, 현관문 위에 저런 걸 올려놓은 건 누구 생각인지 참 이상한 발상이라고 했으니까 말이다. 아빠는 그렇다고 저 유리 지붕을 바닥에 두고 깔개로 쓸 수는 없는 노릇 아니냐고 말하면서 웃기도 했다. 그 때 엄마는 그 말에 기분이 상해서 나보고 나가 있으라고, 아빠하고 할 얘기가 있다고 했다.

어쨌든 현관문 앞에 어질러져 있는 장난감들을 그대로 내버려 둘 수는 없었다. 그래서 청소기를 가져왔다.

엄마는 한 번도 집 밖에서 청소기를 쓴 적이 없다. 하지만 엄마가 잘못 생각한 거다. 전선이 아주 길어서 마당까지 청소기가 나올 수도 있고, 이 청소기는 뭐든지 다 빨아들일 수 있다. 장난감, 자갈, 깨진 유리 조각 등 뭐든지 말이다. 그런데 유리 조각 때문에 청소기의 먼지 봉투가 찢어진 것 같았다. 그래도 별로 심각한 문제는 아니었다. 엄마는 찢어진 데를 다시 붙일 수 있을 테고, 만약 붙일 수 없다면 새 봉투를 넣으면 되니까 말이다. 한 가지 문제는, 먼지 봉투 안에 들어 있던 잡동사니들이 봉투가 찢어지면서 현관문 앞에 도로 쏟아져 버렸다는 거다. 같은 자리에 다시 떨어져 버렸으니, 기껏 청소기를

끌고 나온 게 헛일이 됐다! 나는 일단 제일 큰 조각들만 얼른 주워서 쓰레기통에 버렸다. 나머지는 어떻게 치우나 고민하다가 또 기막힌 생각이 떠올랐다. 물청소를 하는 거다. 나는 물을 받으러 부엌에 갔다. 그런데 문제가 생겼다. 여기저기 아무리 둘러 봐도 물을 담을 만한 양동이가 보이지 않았다. 엄마가 돌아올 때까지는 시간이 별로 없었고, 나는 현관을 깨끗이 싹 청소해서 엄마를 깜짝 놀래 주고 싶었다. 그래서 나는 커다란 수프 그릇을 이용하기로 했다. 엄마가 손님이 올 때만 내놓는 그 수프 그릇은 가장자리에 금빛 띠가 둘러져 있고 우리 집 그릇 중에서 제일 크다. 수프 그릇은 찬장 안에 있기 때문에 발판을 놓고 올라가야만 했다. 나는 발판에 올라가는 걸 좋아하지만, 수프 그릇을 꺼내는 건 쉽지 않았다. 수프 그릇 앞쪽에 접시들이 잔뜩 쌓여 있었기 때문이다. 솔직히 엄마는 정리를 잘 못하는 것 같다는 생각이 든다. 수프 그릇을 그렇게 찬장 깊숙이 넣어 두다니. 언제 물청소를 할 일이 생겨 그 수프 그릇을 꺼내게 될지 어떻게 아느냔 말이다. 엄마한테 꼭 얘기해 줘야겠다.

하지만 마침내 나는 혼자서 수프 그릇을 꺼내는 데 성공했다. 접시 두 개가 깨지기는 했지만 별로 큰 문제는 아니었다. 왜냐하면 접시는 아직도 스물두 개나 더 있으니까 말이다. 우리 집에 손님이 한꺼번에 스물두 명이 온 적은 한 번도 없었다!

나는 수프 그릇에 물을 가득 담아서 현관으로 나갔다. 그런데 수프 그릇이 너무 커서 앞이 잘 보이지 않아, 카펫에 물을 반쯤 쏟고 말았다. 그래도 그렇게 운이 나쁘지는 않았다. 어쨌든 수프 그릇은 놓치지 않았고, 카펫은 금방 마를 테니까.

마침내 나는 현관 앞 먼지 더미에 물을 끼얹었다. 그리고 걸레를 가져다가

바닥을 닦았다. 솔직히 말하면 아주 성공적이지는 않았다. 먼지와 물이 뒤엉켜 진창이 되어 버렸기 때문이다. 그래도 어쨌든 크게 문제 될 건 없었다. 일단 마르기만 하면 쉽게 없어질 테니까 말이다. 가장 난감한 건 수프 그릇을 깬 거였다. 접시는 잔뜩 있지만 수프 그릇은 하나뿐이었다. 그래도 문제 없었다. 어쨌든 끔찍할 것까지는 없었다. 아빠는 손님들이 왔을 때 수프 그릇에 담긴 포타주보다 접시에 담긴 요리가 나오는 걸 더 좋아하니까 말이다. 옛날에 아빠가 접시에 담긴 전채 요리가 더 좋다고 했더니, 엄마는 포타주가 마요네즈를 친 달걀 따위보다 더 그럴 듯한 요리라고 대꾸했다. 그래서 아빠와 엄마는 말다툼을 했다. 하지만 이젠 그런 말다툼을 하지 않아도 된다. 포타주를 담을 수프 그릇이 없어졌으니까.

문제의 수프 그릇을 부엌에 갖다 놓지 않아도 되었기 때문에, 나는 약간의 여유가 생겼다. 그래서 다시 내 방에 올라가 모든 물건을 장롱에 넣어 깨끗이 정리했다. 나는 아주 빨리 해치웠다. 부엌에 다시 가 봐야 한다는 생각이 나서 더 서둘렀다. 수도꼭지 잠그는 걸 잊었다는 게 떠오른 거다. 부엌에 가 보니 개수대의 물 빠지는 구멍이 깨진 접시 조각들로 막혀 있어서 사방으로 물이 넘치고 있었다. 그래도 물이 타일 위로 넘쳤으니까 괜찮다. 내일 해가 나면 금세 마를 테니까, 엄마가 굳이 바닥 청소를 안 해도 될 거다. 엄마는 바닥 청소가 피곤하다고 싫어한다.

엄마가 돌아왔을 때, 드디어 내 방은 말끔히 정리되어 있었다. 나는 엄마가 나를 칭찬해 줄 거라고 굳게 믿었다.

그런데 맙소사, 뒤로 넘어갈 만한 일을 말해 줘야겠다. 내가 분명히 말하는데, 이건 절대 거짓말이 아니다. 엄마는 나를 마구 혼냈다!

별난 이웃

# 커다란 코끼리

문법 시험에서 8등을 했다. 아빠는 나에게 아주 잘했다고 했다. 그리고 저녁에 깜짝 놀랄 선물을 주겠다고 했다.

저녁 때 아빠가 사무실에서 돌아오자 나는 아빠한테 달려가서 뽀뽀를 했다. 아빠가 집에 오면 늘 기분이 참 좋다. 특히 나한테 깜짝 선물을 주기로 한 날은 기분이 더 좋다! 아빠는 나한테 뽀뽀를 하고 "읏샤!" 하고 한 번 안아 준 뒤에 작고 납작한 상자 하나를 건네 주었다. 아주 납작한 걸 보니 내가 갖고 싶어 하던 헤드라이트가 들어오는 빨간 자동차는 아닌 것 같았다.

"자, 니콜라! 선물을 열어 봐야지."

아빠가 웃으면서 말했다.

나는 선물 포장지를 벗겼다.

커다란 코끼리,
코끼리였지!
커다란 코, 커다란
코,
커다란 코를
가진

그 안에 뭐가 들어 있었을까? 여러분은 아마 짐작도 못 할 거다. 그건 레코드판이었다! 레코드판은 코끼리, 원숭이, 사람 그림이 잔뜩 그려진 예쁜 케이스에 들어 있었다. 그리고 케이스에는 '커다란 코끼리' 라는 제목이 씌어 있었다.

나는 엄청 뿌듯하고 기분이 좋았다! 처음으로 나만의 레코드판을 갖게 된 거다! 우리 아빠는 세상에서 가장 멋진 아빠다. 나는 아빠에게 뽀뽀를 했다. 아빠도 기분이 엄청 좋은 것 같았다. 엄마도 부엌에서 나오더니 웃으면서 나에게 뽀뽀를 해 주었다. 아, 이럴 때 우리 집은 정말 환상이다!

"내 레코드판 들어 봐도 되죠?"

내가 아빠에게 물었다.

"그럼, 우리 강아지, 레코드판은 들으라고 있는 거잖니. 잠깐만, 아빠가 전축을 틀어 주마."

아빠는 전축에다 레코드판을 올려놓았다. 그러자 희한한 음악 소리가 조그맣게 들리면서 어떤 여자가 노래를 하기 시작했다.

"커다란 코끼리, 코끼리, 코끼리였지…… 커다란 코, 커다란 코, 커다란 코를 가진."

조금 있으니까 남자랑 여자들이 엄청 많이 나와서 코끼리 이야기를 들려주었다. 그 코끼리는 꼬마 원숭이랑 친구 사이인데 둘이서 바보 같은 짓들을 엄청 많이 하며 돌아다닌다. 그런데 사냥꾼이 나타나서 코끼리를 잡는다. 하지만 원숭이가 와서 코끼리를 구해 준다. 그러자 사냥꾼은 막 울기 시작하고, 결국 코끼리와 원숭이는 사냥꾼하고도 친구가 된다. 세 친구는 함께 서커스에 가서 엄청 돈을 많이 벌고, 셋은 다시 아까 나온 노래를 부른다.

"커다란 코끼리, 코끼리, 코끼리였지…… 커다란 코, 커다란 코, 커다란 코를 가진."

"어머, 재미있네."

엄마가 말했다.

"그렇지? 요즘은 애들한테 좋은 물건들이 참 많이 나온다니까."

아빠가 말했다.

"아빠, 한 번 더 들어도 돼요?"

"아, 물론이지, 우리 아들."

아빠는 레코드판을 다시 틀었다. 아빠, 엄마와 나는 다 같이 후렴 부분을 따라 불렀다.

"커다란 코끼리, 코끼리, 코끼리였지…… 커다란 코, 커다란 코, 커다란 코를 가진."

그러고 나서 우리는 모두 함께 웃으면서 박수를 쳤다.

"전화로 알세스트한테 이걸 들려 줘도 돼요?"

"아…… 그래, 뭐 네가 꼭 그러고 싶다면야……."

아빠가 대답했다.

나는 알세스트에게 전화를 걸었다.

"들어 봐, 알세스트. 우리 아빠가 나한테 준 거야. 내 레코드판이라고."

"알았어. 하지만 빨리 끝내. 곧 저녁 먹을 거니까. 스튜는 뜨거울 때 먹지 않으면 맛이 없어."

알세스트가 말했다.

나는 레코드판을 틀고 그 옆에 수화기를 갖다 댔다.

"커다란 코끼리, 코끼리, 코끼리였지…… 커다란 코, 커다란 코, 커다란 코를 가진."

노래가 다 끝난 다음에 나는 다시 수화기를 들고 알세스트에게 멋지지 않냐고 물어보았다. 하지만 아무 소리도 나지 않았다. 알세스트는 저녁을 먹고 있는 게 분명했다.

"자, 저녁 식사라면 우리 집도 준비 다 됐어요! 식탁으로 와요!"

엄마가 말했다.

"밥 먹기 전에 내 레코드판 한 번만 더 들어도 돼요?"

내가 물었다.

"안 된다, 니콜라. 지금은 저녁 먹을 시간이야. 레코드판은 가만히 놔둬."

아빠가 말했다. 아빠가 아주 엄하게 말해서, 나는 더 이상 조르지 않았다.

식탁에 앉아 수프를 먹으며 나는 노래를 불렀다.

"커다란 코끼리, 코끼리, 코끼리였지……. 커다란 코, 커다란 코, 커다란 코를 가진."

"니콜라! 조용히 하고 수프나 먹어!"

아빠가 고함을 쳤다.

이상하게도 아빠는 화가 난 것 같아 보였다.

저녁을 다 먹고 난 뒤에는 어제 먹고 남은 사과 파이를 먹었다. 나는 다시 레코드판을 틀러 갔다. 그런데 아빠가 고함을 쳤다.

"니콜라! 너 뭐 하는 거냐?"

"레코드판 들으려고요."

"이제 됐다, 니콜라. 아빠 신문 좀 보자. 잠자리에 들 시간이잖아."

"자기 전에 마지막으로 딱 한 번만 들을게요."

"안 돼, 안 돼, 안 돼!"

아빠가 소리를 질렀다.

그래서 나는 막 울기 시작했다. 정말이지, 이게 뭐냔 말이다! 내가 내 레코드판도 마음대로 들을 수 없다니 정말 너무 억울했다. 문법 시험에서 8등이나 한 사람이 누군데, 어떻게 이럴 수가 있을까?

엄마가 내 울음소리를 듣고 부엌에서 달려나왔다.

"무슨 일이야?"

"아빠가 내 레코드판을 못 듣게 해요."

내가 설명을 했다.

"아니, 아빠가 왜 그러실까?"

엄마도 궁금해했다.

"당신도 생각 좀 해 봐. 나는 이제 좀 조용히 쉬고 싶다고. 코끼리 이야기를 스무 번도 더 들으면서 신문을 읽고 싶진 않단 말이야! 당연한 것 아냐? 안 그래?"

아빠가 말했다.

"그게 뭐가 당연해? 레코드판은 들으라고 사 준 거잖아. 혹시 레코드판 가지고 재미있게 노는 걸 방해하고 싶어서 사 준 거야?"

"나 참, 끝내주는군! 이제는 애한테 선물을 사 줘도 뭐라고 하네. 대단해! 정말 대단해! 내가 도대체 이 집 안에서 뭐 하는 사람인지 모르겠군! 정말이지, 내가 못살아!"

"못살겠는 건 나야! 당신은 내가 무슨 말만 하면 소리 지르고 윽박지르고……."

"윽박질렀다고? 내가?"

아빠가 또 소리를 질렀다.

"그래."

엄마는 이제 나와 함께 울기 시작했다.

아빠는 신문을 바닥에 내동댕이쳤다. 그러고는 파란색 전등갓을 씌운 램프가 놓인 작은 탁자와 안락의자 사이를 왔다갔다하기 시작했다.

"그래, 그래, 내가 사과할게. 그만 울어. 내가 좀 예민했어. 오늘 회사에서 아주 피곤했거든. 자, 됐어, 됐어, 그만."

아빠가 부드러운 목소리로 엄마를 달랬다.

아빠는 엄마에게 다가가서 뽀뽀를 해 주었다. 아빠는 나에게도 뽀뽀를 했다. 엄마는 눈물을 닦고 내 코를 풀어 주었다. 엄마는 아주 멋진 미소를 얼굴 가득 지어 보였다. 우리는 다시 레코드판을 틀고 다 함께 노래를 불렀다.

"커다란 코끼리, 코끼리, 코끼리였지…… 커다란 코, 커다란 코, 커다란 코를 가진."

그렇게 두 번을 듣고 나서, 나는 잠자리에 들었다.

다음 날 저녁 아빠가 퇴근했을 때, 나는 거실에 엎드려 책을 보고 있었다.

"어! 니콜라! 너 레코드판 안 듣니?"

아빠가 물었다.

"오늘 벌써 세 번이나 들었어요. 이제 코끼리 이야기는 지겨워요."

그러자 아빠는 얼굴이 시뻘게지도록 화를 냈다.

"하여간 요즘 애들은 다 똑같아! 좋은 선물을 해 주면 뭐 하나! 하룻밤만 지나면 시들해지지. 이러니 좋은 걸 해 주려다가도 마음이 싹 달아나 버린다니까!"

# 정직한 사람

토요일 오후, 알세스트랑 클로테르와 함께 학교에서 돌아오는 길이었다. 내가 길에서 뭘 발견했을까? 바로 동전 지갑이다!

"어, 동전 지갑이다!"

나는 이렇게 외치고는 가서 지갑을 주웠다.

"어, 이거 어떻게 하지?"

클로테르가 물었다.

"처음 발견한 건 나야."

내가 말했다.

"하지만 우리 셋이 같이 있었잖아."

클로테르가 말했다.

"맞아, 하지만 맨 처음 본 사람은 나야."

내가 말하자 클로테르는 그건 말도 안 된다고, 나는 친구도 아니라고 했다. 나는 동전 지갑을 열어 보았다. 안에는 돈이 잔뜩 들어 있었다.

"그거 돌려 줘야 해."

알세스트가 말했다.

"너 장난하냐?"

클로테르와 내가 알세스트에게 물었다.

"아냐, 장난 아냐. 니가 그걸 갖고 있으면 경찰이 너희 집에 들이닥칠 거야. 그리고 너보고 지갑을 훔쳤다고 할 거야. 그러면 너는 감옥에 가게 되겠지. 뭔가를 주웠을 때 주인에게 돌려 주지 않으면 감옥에 가게 돼. 우리 아빠가 그렇게 말씀하셨어."

알세스트가 말했다.

클로테르는 자기네 집으로 뛰어가 버렸다. 나는 알세스트에게 지갑을 누구에게 돌려 줘야 하는지 물었다. 지갑을 줍는 바람에 엄청 귀찮아진 거다.

"글쎄, 경찰서에 가야지. 그러면 경찰서에서는 너한테 정말 정직하다고 할 거야. 정직한 사람이란, 주운 물건을 돌려 주는 사람이니까. 하지만 서둘러야 해. 안 그러면 경찰이 먼저 너를 찾아와서 감옥으로 데려갈 테니까."

알세스트가 말했다.

"그럼 이 지갑을 원래 있던 자리에 도로 놓으면 어떨까?"

"아, 그건 안 돼. 만약 누가 너를 봤다면 너는 꼼짝없이 감옥행이야. 우리 아빠가 그렇게 말했어."

나는 엉엉 울면서 집으로 뛰어갔다. 집에 도착해 보니 아빠와 엄마는 정원의 긴 의자에 앉아 있었다.

"니콜라! 무슨 일이니?"

엄마가 외쳤다.

"빨리 경찰서에 가야 해요!"

내가 소리쳤다.

아빠와 엄마는 벌떡 일어났다.

"경찰서? 진정해라, 니콜라. 도대체 무슨 일인지 엄마 아빠에게 차근차근 설명을 해 보렴."

아빠가 말했다.

그래서 나는 동전 지갑을 주운 이야기와 내가 정직한 사람이 되지 않으면 경찰이 나를 감옥에 잡아 넣으러 올 거라는 이야기를 했다. 아빠와 엄마는 서로 마주 보고 웃었다.

"그 동전 지갑 좀 보여줄래?"

나는 아빠에게 지갑을 건네 주었다. 아빠는 지갑을 열고 안에 돈이 얼마나

CE SOIR
SOUS LE CHAPITEAU DU CIRQUE DE LA RTF
100F PAR SECONDE
AU SELECT-PATHE
EDEN-PALACE
100.000 DOLLARS AU SOLEIL
HORS LA LOI
VOUS AUSSI VOUS POUVEZ GAGNER
EN FAISANT LE Gd CONCOURS ZOUM
ZOUM LA LESSIVE QUI CONTIENT DU ZIM SURACTIVE

들었는지 세어 보았다.

"45상팀이 들어 있구나. 맙소사! 이런 큰돈을 갖고 다니면서 칠칠찮게 지갑을 흘리다니! 니콜라, 아빠 생각에는 이 돈을 잃어버린 사람이 앞으로 좀 더 조심하는 법을 배울 수 있도록, 이건 그냥 네 저금통에 넣어 두면 어떨까 싶은데……."

"안 돼요! 빨리 경찰서에 가져가야 해요!"

내가 소리를 질렀다.

"니콜라 말이 맞아. 기특해라. 엄마가 칭찬해 줄게."

엄마가 말했다.

"그건 그래. 그래, 니콜라, 경찰서에 갖다 주기로 하자."

아빠가 긴 의자에 다시 앉으면서 말했다.

"나 혼자 가기 겁나요."

"당신이 좀 같이 가 줘."

엄마가 말했다.

"그야 물론이지."

"지금 당장요."

"니콜라, 또 아빠를 못살게 굴기 시작하는 거냐? 며칠 안에만 가면 돼."

아빠가 말했다.

나는 또 울기 시작했다. 내가 당장 동전 지갑을 가져가지 않으면 경찰이 나를 감옥에 넣으려고 찾아올 거라고, 분명히 내가 동전 지갑 줍는 걸 누군가 봤을 거라고, 그러니까 당장 지갑을 돌려 주러 가지 않으면 나는 죽어 버리겠다고 했다.

"어서 같이 가 줘. 애가 아주 불안해하잖아."

엄마가 말했다.

"하지만 방금 옷을 갈아입었는데? 나 피곤하단 말이야. 설마 나더러 달랑 45상팀이 든 이 같잖은 지갑을 경찰서에 가져다 주러 옷을 또 갈아입으라는 거야? 경찰서 사람들이 나를 놀릴걸? 아니, 아예 덜떨어진 사람 취급할지도 모르지!"

"아니. 그 사람들은 당신이 정직한 행동을 할 수 있도록 아들에게 용기를 북돋워 주는 좋은 아빠라고 생각할 거야."

"알세스트가 나한테 정직한 게 뭔지 설명해 줬어요."

내가 한 마디 했다.

"이제 네 친구 알세스트까지 나를 귀찮게 하는구나."

아빠가 말했다.

엄마는 아빠에게 이 일이 보기보다 훨씬 중요한 거라고, 어린 애(여기서 어린 애란 나를 가리킨다.)에게 개념과 원칙을 똑똑히 일깨워 주는 것은 아빠의 의무라고, 그러니까 아빠는 나를 데리고 경찰서에 가야 한다고 했다. 그러자 아빠는 됐다고, 알았다고 하면서 옷을 갈아입으러 갔다.

우리는 경찰서에 들어가서 접수대 앞에 섰다. 나는 엄청 겁이 났다. 접수대 뒤에는 경찰 아저씨가 있었다. 그 아저씨가 뤼퓌스의 아빠처럼 제복을 입고 있지 않아서 조금 놀랐다.

"무슨 일로 오셨습니까?"

경찰 아저씨가 물었다.

아빠가 자초지종을 설명했다.

"우리가, 그러니까 우리 애가 동전 지갑 하나를 주웠습니다. 그래서 신고를 하려고요."

"물건은 갖고 오셨지요?"

아저씨가 물었다.

아빠는 동전 지갑을 경찰 아저씨에게 건네 주었다. 아저씨는 지갑을 열어 보고 아빠를 다시 쳐다보았다.

"45상팀?"

"맞습니다."

아빠가 대답했다.

그 때 다른 아저씨가 사무실에서 나와 접수대로 다가와서 물었다.

"무슨 일인가?"

"아, 이 분께서 동전 지갑을 주워서 신고하러 오셨습니다, 서장님."

"정확히 말하자면, 우리 아들이 길에서 주운 겁니다."

아빠가 설명을 했다.

서장 아저씨는 동전 지갑을 건네 받아 안에 든 돈을 세어 보더니 환하게 미소를 지었다. 아저씨가 내 쪽으로 다가와서 나는 얼른 아빠 뒤로 숨었다.

"아주 착한 아이로구나. 이건 아주 정직한 행동이란다. 칭찬해 주마. 그리고 선생님께도 축하를 드립니다. 정말 정직하고 귀여운 아들을 두셨군요."

서장 아저씨가 말했다.

"우리는 이 애한테 개념과 원칙을 가르치려고 노력하고 있지요. 자, 이 녀석, 겁낼 것 없어, 서장님과 악수하렴."

아빠는 한껏 기분이 좋아져서 말했다.

서장님은 나와 악수를 하면서 학교에서 공부를 잘하는지 물었다. 그래서 나는 그렇다고 했다. 서장님이 내가 수학에서 14등을 했다는 걸 몰랐으면 좋겠다.

"너처럼 정직한 아이라면 틀림없이 공부도 잘할 줄 알았다. 자! 그럼 이 동전 지갑 분실 신고를 위해 진술서를 좀 작성해야겠습니다. 이보게, 양식을 좀 가져다 주게."

경찰 아저씨는 서장님에게 종이 한 장을 건네 주었다. 서장님은 거기다 뭐라고 쓰더니 아빠에게 펜을 내밀며 말했다.

"제 생각에 선생님께서 직접 이 아이 이름으로 진술서를 써 주시는 게 좋을 것 같습니다. 그러니까 날짜, 주운 장소, 대략적인 시각, 그리고 사인도 좀 해 주시고요. 네, 됐습니다. 감사합니다."

서장님은 나에게 동전 지갑이 분실물 보관소로 가게 될 거라고, 만약 일 년

안에 주인이 찾아가지 않으면 그 동전 지갑은 내 것이 된다고 설명해 주었다.

“이런 분실물 신고가 자주 들어옵니까?”

아빠가 물었다.

“아, 그럼요! 사람들이 길에다 별의별 것들을 얼마나 많이 흘리고 다니는지 상상도 못 하실 겁니다! 그 이야기를 하자면 엄청나지요! 하지만 이 아이처럼 그런 얼빠진 사람들이 잃어버린 물건들을 가져오는 정직한 아이들만 있는 건 아니랍니다! 참 안된 일이지요.”

그러고 나서 서장님은 나와 악수를 하고 아빠하고도 악수를 했다. 우리는 경찰 아저씨하고도 악수를 했다. 모두 다 싱글벙글 웃었다. 우리는 아주 기분 좋게 집으로 돌아왔다. 나는 엄마에게 경찰서에서 있었던 일을 다 이야기해 주었고, 엄마는 나에게 뽀뽀를 했다. 나는 우리 가족이 모두 엄청 정직해서 자랑스러웠다. 정직한 우리 아빠는 서장님 펜을 가져다 주러 한 번 더 경찰서에 가야 했다.

# 약

일요일 밤에 나는 아주 많이 아팠다. 그래서 월요일 아침에 엄마는 학교에 전화를 걸어서 내가 결석할 거라고 알렸다.

하지만 나는 기분이 좋지 않았다. 왜냐하면 엄마가 의사 선생님한테도 전화를 걸어서 우리가 진료를 받으러 갈 거라고 했기 때문이다. 나는 병원에 가는 게 싫다. 정말이지, 의사 선생님들은 절대로 안 아프게 할 거라고 해 놓고 푹! 하고 주사를 놓는다.

"울지 마, 이 바보 녀석! 의사 선생님이 안 아프게 해 주실 거야!"

엄마가 말했다.

우리가 병원에 도착할 때까지도 나는 계속 울고 있었다. 우리는 대기실에서 기다렸다. 조금 있다가 흰 옷을 입은 아줌마가 우리보고 들어갈 차례라고

했다. 나는 들어가고 싶지 않았지만 엄마가 내 팔을 잡아당겼다.

"이 소란이 다 니콜라 때문이었구나?"

의사 선생님은 웃으면서 손을 씻고 이렇게 물었다.

"하지만 그러면 안 되지, 요 녀석아? 선생님 환자들을 다 쫓아 내고 싶어? 자, 착하지. 선생님이 아프게 안 할게."

엄마는 지난 밤에 내가 어땠는지 설명했다. 그러자 의사 선생님이 말했다.

"자, 그럼 좀 봅시다. 니콜라, 옷 좀 벗어 볼래?"

나는 옷을 벗었다. 의사 선생님은 나를 안아서 하얀 시트가 덮인 긴 의자에 뉘었다.

"이런, 떨고 있구나! 넌 다 컸잖니, 니콜라! 그리고 선생님 잘 알지? 선생님이 너를 잡아먹기라도 할까 봐? 마음을 가라앉히렴!"

선생님은 내 몸 위에 수건 한 장을 덮어 주고 청진기로 진찰을 했다. 그 다음에는 나에게 혀를 내밀어 보라고 했고, 내 몸 여기저기를 짚어 보았다. 그러고 나서는 내 코끝을 살짝 쥐었다.

"자! 그리 걱정할 정도는 아니구나! 네가 더 이상 아야 하지 않게 우리 같이 애써 보자. 그리고 선생님이 진찰할 때 정말로 안 아팠지? 아팠니?"

선생님이 말했다.

"아니요."

나는 이렇게 대답하면서 웃었다.

의사 선생님이 좋은 분인 건 맞다. 선생님은 나보고 다시 옷을 입으라고 하고는 책상에 가서 앉았다. 의사 선생님은 종이에 뭐라고 쓰면서 엄마에게 말했다.

"전혀 걱정하실 필요 없습니다. 니콜라에게 이 약을 먹이세요. 물 한 잔에 다섯 방울씩 타서 매끼 식사 전에 먹이시면 됩니다. 아침에도 먹이세요. 그리고 사나흘 뒤에 다시 오십시오."

의사 선생님은 나를 보고 웃으면서 말했다.

"그런 얼굴 하지 마라, 니콜라! 선생님이 무슨 몹쓸 약이라도 줄까 봐서 그러니? 안 그런 거 너도 잘 알지? 이 약은 아주 먹기 좋아. 아무 맛도 안 난단다. 그래서 선생님은 선생님 친구들한테만 이 약을 주지."

의사 선생님은 장난으로 나를 살짝 한 대 때리면서 웃었다. 하지만 나는 웃지 않았다. 약이라면 아주 질색이기 때문이다. 약은 엄청 맛이 없다. 그리고 약을 안 먹겠다고 하면 집에서 한바탕 난리가 난다.

"선생님도 매일같이 아이들 상대하려면 힘드시겠어요!"

엄마가 말했다.

"아, 알아 주셔서 감사합니다. 그렇죠."

의사 선생님은 우리를 문 앞까지 배웅하면서 말했다.

"그래도 의사 노릇 몇 년 하다 보면 이런 꼬마 녀석들 속이 훤히 보이지요. 요 녀석, 다음에 또 울면 주사 놓는다!"

병원을 나오면서 나는 엄마에게 약은 절대로 먹지 않을 거라고, 차라리 아픈 게 더 낫다고 했다.

"니콜라, 잘 들어 봐. 너도 이제 의젓하게 행동할 나이가 됐어. 우리는 약을 사러 갈 거고, 너는 용감하게 그 약을 먹을 거야. 우리 니콜라는 정말로 용감하잖아, 안 그래?"

"그래요. 맞아요."

"아무렴 그렇고말고. 아빠도 니콜라가 투정 부리지 않고 약을 먹는 걸 보면 아주 대견해하실 거야. 어쩌면 다음 주 일요일에 우리를 극장에 데려가 주실지도 모르지."

우리는 약국에 가서 약을 샀다. 예쁜 파란색 상자에 근사하게 생긴 작은 병이 담겨 있었다. 게다가 그 안에 뭐가 있었냐 하면, 스포이트까지 들어 있었다!

우리는 아빠보다 먼저 집에 도착했다. 조금 있으니까 아빠가 점심을 먹으러 집에 왔다.

"의사가 뭐래?"

아빠가 물었다.

"별거 아니래. 당신 그거 알아? 의사 선생님이 니콜라에게 약을 먹이라고 했어. 다 큰 어른들처럼 니콜라도 약을 먹는 거지."

엄마가 말했다.

아빠는 나를 바라보면서 턱을 만지작거렸다.

"약이라고? 음, 음, 음."

그러고는 아빠는 외투를 벗으러 갔다.

밥 먹을 때 엄마는 물을 한 잔 가져와서 거기에 스포이트로 약을 다섯 방울 떨어뜨렸다. 그 다음에 작은 숟가락으로 잘 섞고 나에게 말했다.

"자, 니콜라, 한 번에 삼키자! 꿀꺽!"

나는 약을 탄 물을 마셨다. 아무 맛도 안 났다. 아빠 엄마는 나에게 뽀뽀를 했다.

오후에 나는 집에 계속 있었다. 그건 아주 좋았다. 나는 장난감 병정들을 가지고 놀았다. 엄마가 저녁을 차릴 때, 내 접시 옆에 약을 갖다 놓았다.

"약 미리 먹어도 돼요?"

내가 물었다.

"다 같이 저녁 식사 할 때까지 기다리자."

엄마가 말했다.

잠시 후에 우리는 모두 식탁에 앉았다. 엄마는 내가 직접 스포이트로 약을 물에 탈 수 있게 해 주었다. 아빠는 내가 자랑스럽다고, 다음 주 일요일에는 모두 함께 극장에 가는 게 어떨까 생각 중이라고 했다.

아침에 일어나서, 나는 엄마에게 약 챙기는 걸 잊지 말라고 했다. 엄마는 웃으면서 절대 잊어버리지 않겠다고 했다. 나는 약병을 들고 물컵에 다섯 방울을 탔다. 그러고는 단번에 마셔 버리고 약병을 책가방에 넣었다.

"어머, 너 뭐 하니, 니콜라?"

엄마가 물었다.

"약을 학교에 가져가려고요."

내가 대답했다.

"학교에? 너 정신 나갔니?"

엄마가 물었다.

나는 정신 나가지 않았다고, 하지만 나는 아프니까 학교에서도 아마 약이 필요할 것 같다고, 그리고 친구들에게 내 약을 보여주고 싶다고 했다. 하지만 엄마는 내 말을 들으려 하지 않았다. 엄마는 내 책가방에서 약을 도로 꺼냈다. 내가 울음을 터뜨리자, 엄마는 소란 피우지 말라고, 계속 이러면 다시는 약을 못 먹게 하겠다고 했다.

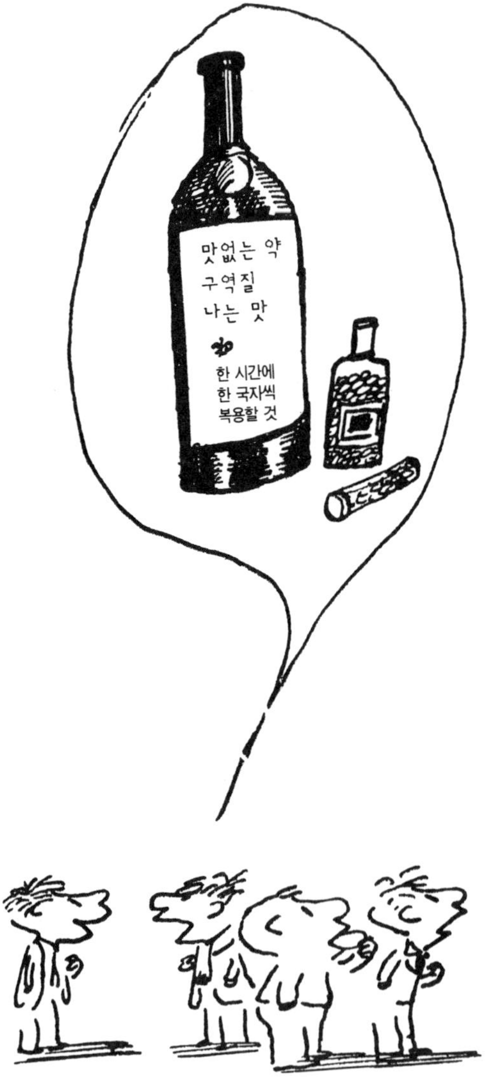
맛없는 약
구역질
나는 맛
한 시간에
한 국자씩
복용할 것

학교에 갔더니, 친구들이 왜 어제 결석했냐고 물었다.

"나 무지무지 아팠어. 병원에 갔는데 의사 선생님이 엄청 심각한 병이라고 약을 줬어."

"약 맛없지?"

뤼퓌스가 물었다.

"끔찍해! 하지만 나한테는 아무것도 아냐. 나는 엄청나게 용감하거든. 내가 먹는 약은 파란 상자에 들어 있는데, 다 큰 어른이 먹는 약이야."

그러자 조프루아가 코웃음을 쳤다.

"쳇! 나는 작년에 너보다 더 끔찍한 약을 먹었어. 비타민이라고."

"어, 그래? 그럼 내가 뭐 하나 물어봐도 될까? 네 약에도 스포이트가 들어 있었어?"

"그게 뭔데?"

"그건 말이지, 네가 먹은 약쯤은 나한테 우스운 수준이다, 이 얘기지! 내 약에는 스포이트가 있거든!"

"니콜라 말이 맞아. 네 약쯤은 우리도 모두 우스워."

외드가 조프루아에게 말했다.

외드와 조프루아가 서로 치고받고 싸우는 동안 알세스트는 나에게, 전에 의사한테 받았다는 약 이야기를 했다. 의사 선생님이 알세스트에게 식욕을

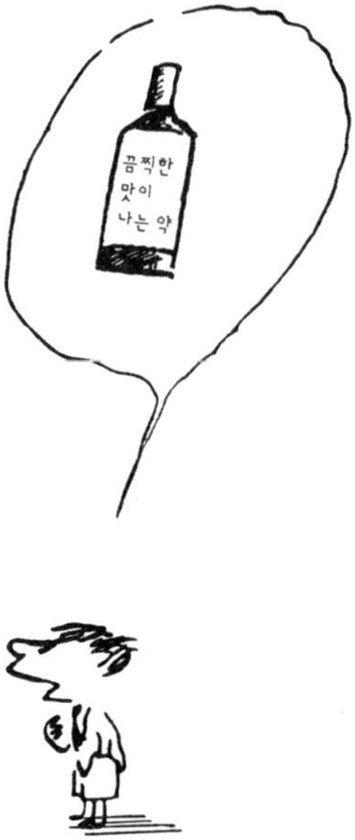


줄이는 약을 먹게 했는데, 알세스트의 엄마는 알세스트가 밥을 먹으면서 그 약을 몰래 먹는 걸 보고 더 이상 약을 못 먹게 했단다.

교실에서 담임 선생님은 나에게 몸이 괜찮아졌는지 물었다. 그래서 나는 끝내주는 약을 먹었다고 설명했다. 선생님은 아주 잘했다고 말했다. 그러고 나서 우리에게 받아쓰기를 시켰다.

목요일에 엄마와 나는 다시 병원에 갔다. 이번에는 하나도 무섭지 않았다.

"이렇게 다시 보니까 좋구나. 귀여운 녀석, 옷을 좀 벗어 보겠니?"

의사 선생님이 말했다.

나는 옷을 벗었고, 선생님은 청진기를 대 보고, 나에게 혀를 내밀어 보라고 하고, 엄마에게 내가 계속 힘들어 했는지 물어보았다. 그러고는 나에게 다시 옷을 입으라고 했다.

"자, 더 이상 치료가 필요 없게 돼서 기쁘구나."

의사 선생님은 웃으면서 내 턱을 한 대 치는 시늉을 해 보였다.

"우리 꼬마 환자한테 좋은 소식인걸. 너는 이제 다 나았어. 더 이상 약을 안 먹어도 된다!"

나는 그 말을 듣고 울기 시작했다. 오늘 의사 선생님은 우리를 문 앞까지 바래다 주지 않았다.

의사 선생님은 아무 말 없이 책상에 앉아 있었다.

"니콜라 옷을 꼭 사러 나가야 해. 옷에 묻은 얼룩을 빼려고 해 봤는데 도저히 안 되겠어!"

식탁에 모두 앉았을 때 엄마가 말했다.

아빠는 눈이 휘둥그레져서 나를 쳐다보더니 이렇게 말했다.

"얘는 입히는 데만도 한 재산 드는군! 옷을 사 주는 족족 못 입게 만들잖아. 쇠로 된 갑옷을 입히든가 해야지, 원."

나는 그것 참 좋은 생각이라고, 양복보다는 갑옷이 더 좋다고 했다. 감청색 정장을 입고 있으면 우스꽝스러운 광대처럼 보이기 때문이다. 하지만 엄마는 내가 갑옷을 입는 일은 없을 거라고, 새로 감청색 정장을 사야 하니까 곧바로 백화점에 가야 한다고, 얼른 사과나 먹으라고 소리를 질렀다.

우리는 백화점에 들어섰다. 백화점은 엄청 크고 불빛도 휘황찬란하고, 사람도 물건도 아주 많았다. 그리고 에스컬레이터도 있었다. 에스컬레이터는 정말 근사하다. 엘리베이터보다는 에스컬레이터가 훨씬 더 재미있다.

어떤 아저씨가 우리 엄마에게 아동복은 6층에 있다고 알려 주었다. 그래서 우리는 에스컬레이터를 탔다. 엄마는 내 팔을 꽉 붙잡고 말했다.

"니콜라, 바보 같은 짓 하면 안 된다! 알았지?"

우리는 6층에서 또 어떤 아저씨를 만났다. 그 아저씨는 아주 멋진 옷을 차려 입고 계속 웃고 있었다. 이가 희한할 정도로 새하얀 그 아저씨가 엄마에게 다가왔다.

"손님, 뭘 도와드릴까요?"

아저씨 말에 엄마는 내가 입을 정장 한 벌을 살 거라고 말했다.

"우리 꼬마 손님, 어떤 옷이 마음에 들려나?"

아저씨가 여전히 함박웃음을 지어 보이며 나에게 물었다.

"저는요, 카우보이 옷이 갖고 싶어요."

내가 대답했다.

"그런 옷은 4층 장난감 코너에 가야 있단다."

아저씨는 미소 띤 얼굴로 알려 주었다. 그래서 나는 엄마에게 나를 따라오라고 말하고는 아래층으로 내려가는 에스컬레이터를 탔다.

"니콜라, 당장 올라오지 못해!"

엄마가 소리를 질렀다. 엄마가 기분이 너무 안 좋아 보여서 나는 내려가는 에스컬레이터에서 위로 다시 올라오려고 했다. 하지만 그건 너무 힘들었다. 게다가 내려가는 에스컬레이터에서 거꾸로 올라가는 건 내려가는 다른 손님들에게 피해를 주는 일이다. 사람들은 "쟤 저러다가 다치겠네." 하기도 하고, "에스컬레이터에서 장난치면 안 된다." 하기도 하고, "애들을 간수할 줄 모르는 부모들이 꼭 있다니까!" 하기도 했다. 결국 나는 다른 사람들과 함께 아래층으로 내려가는 수밖에 없었다.

5층에서 나는 엄마한테 가려고 다시 올라가는 에스컬레이터를 탔다. 하지만 6층에 올라가 보니 엄마는 없고 어떤 아저씨만 있었다.

"이런, 말썽쟁이 녀석! 네 엄마는 너 찾으러 내려갔다!"

그제야 나는 그 아저씨를 알아볼 수 있었다. 아까 계속 웃으면서 말하던 그 아저씨였다. 아저씨는 더 이상 웃고 있지 않았다. 솔직히 그 아저씨는 이를 내보이지 않는 게 더 나았다. 하지만 나는 그런 말은 하지 않았다. 왜냐하면 엄마를 찾으러 다시 5층으로 서둘러 내려가야 했기 때문이다.

5층은 굉장했다. 엄마는 보이지 않았지만, 스포츠 용품을 파는 코너가 보였다. 없는 게 없었다! 스키, 스케이트, 축구공, 권투 글러브. 나는 어울리는지 보려고 권투 글러브를 껴 보았다. 물론 나한테는 너무 컸지만 그래도 글러브를 끼고 있으니까 엄청 근사했다. 내 친구 외드도 권투 글러브를 무지 좋아할 거다. 외드는 종종 어떤 애들은 코가 너무 딱딱해서 자기 주먹이 아프다고 투덜거리기 때문이다.

내가 진열창 안을 들여다보는데, 어떤 아저씨가 웃는 얼굴로 나가왔다. 아저씨는 나한테 뭘 하고 있는지 물었다. 나는 엄마를 찾는 중이라고, 에스컬레이터에서 엄마를 잃어버렸다고 했다. 그러자 아저씨 얼굴에서 웃음기가 싹 가셨다. 이 아저씨도 안 웃는 게 더 나았다. 이가 너무 들쭉날쭉해서 입술로 덮어 놓는 게 더 나았던 거다. 아저씨는 내 팔을 잡고 말했다.

"가자."

아저씨는 내 한 쪽 손에 낀 권투 글러브를 잡아끌었다. 하지만 아저씨는 몇 발짝 걷다 말고 멈춰 섰다. 아저씨 손에는 권투 글러브 한 짝만 들려 있었다. 다시 나에게 온 아저씨는 그 글러브가 어디서 났냐고 물었다. 나는 판매대에서 찾았다고, 하지만 글러브가 좀 큰 것 같다고, 내 친구 외드한테도 안 맞을 것 같다고 했다. 아저씨는 권투 글러브를 들고 나를 끌고 갔다. 이번에는 엘리베이터를 탔다.

우리는 장난감 코너에 도착했다. 그런데 그 앞 사무실 같은 곳에 '미아 보호소' 라고 씌어진 팻말이 붙어 있었다. 사무실 안에는 영화에 나오는 간호사 같이 옷을 입은 아줌마 한 명과 남자 아이 한 명이 있었다. 남자 아이는 한 손

에는 빨간 풍선을, 다른 한 손에는 아이스크림을 들고 있었다. 나를 데려간 아저씨가 아줌마에게 말했다.

"여기 한 명 더 있습니다! 얘네 엄마가 곧 찾으러 올 겁니다. 어떻게 애를 잃어버리고 다니는지 이해가 안 된다니까요! 물론 애들 보는 게 쉬운 일은 아니지만 말이에요!"

아저씨가 아줌마에게 말하는 사이, 나는 가까이 있는 장난감 코너를 구경하러 갔다. 끝내주게 멋진 카우보이 옷 세트가 있었다. 권총 두 개와 보이스카우트 모자도 딸려 있었다. 아빠한테 크리스마스 선물로 그걸 사 달래야겠다. 오늘 엄마를 졸라 봤자 소용 없을 게 뻔하니까 말이다.

내가 판매대 사이에서 장난감 자동차를 가지고 놀고 있는데, 아까 그 아저씨가 왔다.

"아, 너 여기 있었구나! 이 말썽꾸러기!"

아저씨가 소리를 질렀다. 아저씨는 신경이 무척 곤두선 것 같았다. 나는 다시 아저씨 손에 이끌려 보호소 아줌마한테 갔다.

"찾았습니다. 이 아이 좀 잘 지켜봐 주세요!"

아저씨는 이렇게 말하고는 급히 나갔다. 나가면서도 내가 잘 있는지 자꾸 돌아보았다. 그러다가 아저씨는 판매대 사이에 그대로 놓아 둔 장난감 자동차에 발이 걸려서 넘어지고 말았다.

아줌마는 아주 친절해 보였다. 아줌마는 딸기 아이스크림을 핥아먹고 있는 남자 아이 옆에 나를 앉혔다.

"겁낼 것 없단다. 네 엄마가 곧 너를 찾으러 오실 거야."

그러고 나서 아줌마는 조금 떨어진 곳으로 갔다. 남자 아이가 나를 보더니 물었다.

"너 여기 처음 왔니?"

나는 처음엔 그 애가 무슨 말을 하는지 알아듣지 못했다. 왜냐하면 그 애는 말을 하면서도 계속 아이스크림을 핥아먹고 있었기 때문이다.

"나는 이 백화점에서 엄마를 잃어버린 게 벌써 세 번째야. 여기 사람들은 아주 친절해. 네가 조금만 울면 풍선하고 아이스크림을 줄 거야."

그 애가 설명해 주었다.

바로 그 때 아줌마가 돌아와서 나에게 빨간 풍선과 나무딸기 아이스크림을 주었다.

"난 안 울었는데."

내가 말했다. 그러자 그 아이가 대꾸했다.

"다음 번을 위해서 알아 두라고."

내가 아이스크림을 핥아먹기 시작하는데, 멀리서 엄마가 달려오는 게 보였다. 엄마는 나를 보자마자 소리를 질렀다.

"니콜라! 우리 아기! 우리 강아지! 우리 귀여운 아들!"

엄마가 나를 한 대 찰싹 때리는 바람에, 나는 손에 들고 있던 풍선을 놓쳤다. 그러고 나서 엄마는 나를 안고 뽀뽀를 했다. 그래서 엄마한테 아이스크림이 잔뜩 묻었다. 엄마는 나보고 못된 말썽꾸러기라고, 나 때문에 엄마가 죽을 뻔했다고 했다. 그래서 나는 울기 시작했다. 아줌마가 나에게 풍선과 바닐라 아이스크림을 또 가져다 주었다. 옆에 있던 아이도 그걸 보고 울기 시작했다. 하지만 아줌마는 그 아이에게 벌써 세 번이나 아이스크림을 먹지 않았느냐고, 더 먹으면 탈이 나고 말 거라고 했다. 그랬더니 그 아이는 울음을 뚝 그치고 말했다.

"알았어요. 그럼 다음 번에요."

엄마와 나는 보호소에서 나왔다. 엄마는 왜 엄마 곁에 꼭 붙어 있지 않고 그렇게 사라졌는지 물었다. 나는 카우보이 옷이 보고 싶어서 그랬다고 했다.

"그것 때문에 엄마를 그렇게 겁나게 했단 말이야? 카우보이 옷이 그렇게 갖고 싶니?"

엄마가 물었다. 나는 그렇다고 했다. 그러자 엄마가 말했다.

"가자, 니콜라. 그 카우보이 옷 엄마가 당장 사 줄게!"

나는 엄마 품에 뛰어들어 뽀뽀를 했다. 엄마 옷이 아이스크림 범벅이 되어 버렸다. 우리 엄마는 정말 멋지다. 옷이 아이스크림 범벅이 되더라도 말이다.

저녁에 아빠는 기분이 별로 좋지 않았다. 아빠는 왜 엄마가 감청색 정장을 사 준다고 나가서 카우보이 옷 세트와 빨간 풍선을 사 왔는지 이해하지 못했다. 아빠는 다음 번에는 아빠가 직접 나를 백화점에 데리고 가서 옷을 사 주겠다고 했다.

그건 참 좋은 생각인 것 같다. 아빠와 같이 백화점에 가면 틀림없이 외드에게 줄 수 있는 권투 글러브를 사 올 수 있을 테니까 말이다.

# 르네 고시니 René Goscinny

르네 고시니는 1926년 8월 14일 파리에서 태어나 아르헨티나 부에노스아이레스에서 학창 시절을 보냈다. 고시니는 "나는 학교 다닐 때 정말 말썽꾸러기였지만 다행히 학교에서 쫓겨나지는 않았다." 고 그때를 회상한다. 뉴욕에서 작가로서의 활동을 시작한 고시니는 50년대 초 프랑스로 돌아와, 최고의 삽화가 장 자크 상페와 함께 전설적인 꼬마들이 나오는 시리즈를 탄생시킨다. 바로 '꼬마 니콜라' 다. 그 둘이 창조해 낸 새로운 우주는 아이들의 언어로 아이들의 일상을 이야기하며 프랑스 전역에서 커다란 성공을 거둔다. 이후 고시니는 알베르 우데르조와 '아스테릭스' 시리즈를 만들어 냈다. '아스테릭스' 는 107개 언어로 번역되었으며 지구상에서 가장 많이 읽힌 작품 중 하나로 손꼽힌다. 이후에도 '럭키 뤼크' '딩고도시' 시리즈 등 수많은 작품을 쓰며 왕성한 창작력을 보여주었다.

◀ 꼬마 니콜라와 같은 나이의 르네 고시니

고시니는 자신이 창간한 만화 잡지 『필로트』를 통해 만화라는 장르를 '제9의 예술' 로 재탄생시켰다는 평을 받았다.

고시니는 1977년 11월 5일 51세의 나이로 사망했다. 수많은 작가들이 고시니의 작품 앞에 경의를 표했다. 그가 창조해 낸 인물들은 아직도 사람들에게 널리 사랑받으며, 그가 쓴 대사들은 여전히 프랑스어에서 관용어구처럼 쓰이고 있다.

# 장 자크 상페 Jean-Jacques Sempé

"말썽부리기는 내 어릴 적 유일한 소일거리였다."

1932년 8월 17일 보르도에서 태어난 장 자크 상페는 자신의 학창 시절을 이렇게 회상한다. 공부에 흥미가 없었던 그는 교칙 위반으로 학교에서 쫓겨난 후 포도주 판매상 밑에서 허드렛일을 하기도 하고, 사환으로 일하기도 했다. 상페는 어린 시절, 악단 연주자가 되고 싶었다. 좋아하는 연주자들을 종이 위에 그리면서, 그의 꿈은 그림에 대한 열정으로 모습을 바꾼다. 열여덟 살에 무작정 파리로 온 상페는 여러 출판사를 전전하다 『쉬드 우에스트』 지에 처음으로 돈을 받고 그림을 싣게 된다. 르네 고시니와의 만남은 그가 삽화가로서 막 첫걸음을 내딛기 시작한 시기와 맞물려 있다.

"우리가 만난 날 고시니가 저더러 저녁 식사를 함께 하자더군요. 그는 성게를 좋아하냐고 물었고 저는 그게 뭔지 잘 모르겠다고 대답했지요. 그러자 그는 그게 뭔지 알게 해 주겠다며 아주 즐거워했어요. 저는 그에게 음악을 좋아하는지 묻고 음반을 함께 듣자며 그를 우리 집으로 초대했지요. 그는 농담일 거라고 생각했겠지만 저는 계단을 6층 반이나 올라가야 하는 파리의 우리 집으로 그를 진짜 초대했습니다.

니콜라를 탄생시킨 두 사람의 못 말리는 장난기 ▶

우리는 곧 친구가 되었어요. 그는 막 뉴욕에서 돌아온 참이었습니다. 당시 저는 너무나 원기왕성했고, 고시니는 예의 바르고 신중했습니다. 우리는 말을 조금 더듬는다는 공통점이 있었지요. 나는 그에게 내 학창 시절 이야기를 자주 했습니다. 나는 좀 시끄러운 편이었고, 고시니는 나 때문에 많이 웃었어요. 나도 즐거웠고요."

뛰어난 관찰력과 유머로 한 장의 그림에 무한한 감동을 압축해 내는 상페는 수십 년간 프랑스 최고의 일러스트레이터로 자리매김해 오고 있다. 상페는 꼬마 니콜라를 통해 우리의 기억 속에 영원히 남을 사랑스런 악동의 모습을 창조해 냈다. 『단순한 것은 아무것도 없어』 『얼굴 빨개지는 아이』 『라울 따뷔랭』 등 그의 작품집은 전 세계 수많은 독자들에게 널리 사랑받고 있다.

◀ 작업실의 장 자크 상페

옮긴이 **이세진**

서울에서 태어나 서강대학교 철학과를 졸업하고 동대학원에서 불문학 석사 학위를 받았다. 프랑스 랭스 대학교에서 공부했으며, 현재 전문 번역가로 일하고 있다. 『슈테판 츠바이크의 마지막 나날』 『작가의 집』 『앙드레 씨의 마음 미술관』 『유혹의 심리학』 『욕망의 심리학』 『나라서 참 다행이다』 『안고 갈 사람 버리고 갈 사람』 등을 우리말로 옮겼다.


돌아온 꼬마 니콜라

별난 이웃

1판 1쇄 | 2006년 2월 1일
1판 6쇄 | 2014년 7월 10일
지은이 | 르네 고시니·장 자크 상페
옮긴이 | 이세진
펴낸이 | 강병선
책임편집 | 엄희정
편집 | 윤석기 염현숙 원선화
디자인 | 송윤형 정연화
마케팅 | 정민호 나해진 이동엽 김철민
온라인 마케팅 | 김희숙 김상만 한수진 이천희
제작 | 강신은 김동욱 임현식
제작처 | 영신사
펴낸곳 | (주)문학동네
출판등록 | 1993년 10월 22일 제406-2003-000045호
주소 | 413-120 경기도 파주시 회동길 210
전자우편 | kids@munhak.com
홈페이지 | www.munhak.com 카페 | cafe.naver.com/mhdn
페이스북 | facebook.com/kidsmunhak 트위터 | @kidsmunhak
대표전화 | (031)955-8888 팩스 | (031)955-8855
문의전화 | (031)955-8890(마케팅) (02)3144-3236(편집)

ISBN 89-546-0084-0 04860
ISBN 89-546-0081-6 04860(세트)